사십춘기

사십춘기

ⓒ 이동섭, 2023

초판 1쇄 발행 2023년 2월 8일

지은이   이동섭
펴낸이   이기봉
편집   좋은땅 편집팀
펴낸곳   도서출판 좋은땅
주소   서울특별시 마포구 양화로12길 26 지월드빌딩 (서교동 395-7)
전화   02)374-8616~7
팩스   02)374-8614
이메일   gworldbook@naver.com
홈페이지   www.g-world.co.kr

ISBN   979-11-388-1617-5 (03810)

사십춘기

또 한번의 사춘기를 겪고 있는
40대 한 남자의
일, 사랑 그리고 인간에 대한 이야기

글 이동섭

좋은땅

프롤로그

언제까지나 꽃 같은 청춘일 줄 알았던 내가 어느덧 40대가 되었다. 중년이 되며 체형이 푸근해져 가고 흰머리만 늘어난 게 아니라 삶에 대한 고뇌와 사색들도 늘어 갔다. 그리고 40세 언저리즈음인 지금, 10 대 때도 큰 혼란 없이 무난하게 지나갔던 질풍노도의 시기를 난 다시 겪고 있다.

흔히들 사춘기 때 자신과 대화를 통해 스스로를 알아 가고 정립해 간다던데, 나에겐 어린 시절이 너무 힘들고 정신없어서 그랬는지 사회, 경제적 안정이 찾아온 지금에야 스스로에 대해 진지하게 고민해 보고 그동안 삶 속의 수많은 결정들이 올바른 것이었는지 하나둘씩 점검해 가고 있다. 또한 의미 있게 다가온 경험들을 통해 현재의 모습을 이해하려 노력하고 있으며, 앞으로 살아가면서 다져 가야 할 인생의 가치관을 다시금 정립하고 있다.

나는 머릿속의 복잡한 생각과 고민들로 혼란스러워 하고 있는 지금의 내 모습을 '**사십춘기**'라 부르기로 했다. 40대에 맞게 된 사춘기라, 부끄럽고 어색하기도 하지만 이제라도 날 찾고, 알고, 이해하고 싶었기에 난 용기를 내어 펜을 들었다. 김영하 작가의 말처럼 "누구나 하나의 이야기, 한 권의 책은 쓸 수 있기에."

이 글을 쓴 첫 목적은 나와 함께 이 세상을 여행하고 있는 주변인들에게 나라는 인간이 어떻게 지금의 모습으로 살아가게 되었는지, 왜 그런 생각들을 갖게 되었는지, 지금 어떤 고민들에 빠져 있는지 알리고자 함이다. 매번 '세상의 아웃사이더'라 자칭하지만 나 역시 부정할 수 없는 사회적 동물이기에 누군가의 공감과 격려를 그리워하고 있는 것 같다. 아니, '**사십춘기**'를 겪으면서 그것이 더 절실해지는 것 같다.

그 외에도 내가 현재 상주라는 지역에서 교사라는 특정 직업을 갖고 살아가는 지극히 미시적인 존재이나, 거시적으로 보면 일상 속에서 사람들과 관계를 맺으며 희로애락을 몸소 겪고 있는 평범한 존재이기에 누구나 느낄 수 있는 공감대가 있을 것이라고 생각했다. 나의 경험과 생각을 공감하는 사람에게는 지구 어딘가에서 비슷한 삶의 고민을 하고 있는 동지가 있음을 알리고 싶었고, 그렇지 못한 사람에게는 세상을 다른 눈으로 바라보는 존재가 함께 공존하고 있음을 말하고 싶었다. 더 궁극적으로는 나라는 존재가 겪은 삶의 경험들을 나눔으로써 그들에게 심리적 위로와 지지를 받고 싶었다. 삶의 여정 속에서 자주 헤매고 방황도 하지만 나아가고 있는 방향만큼은 틀리지 않았음을 확인받고 싶었다.

전문적으로 글을 쓰는 사람이 아니기에 문장이 투박하고, 기존의 문법과 맞지 않는 다소 거친 표현들이 있음을 널리 양해해 주길 바란다. 가급적 명징하고 간결한 글을 쓰려 노력했지만 숨길 수 없는 지적 허영심으로 인해 글이 다소 장황하고 복잡해졌으며, 직업병으로 인해 독자들을 가르치려 들거나 누구나 다 알 만한 것을 과도하게 자세히 설명하려는 모습들이 분명 있음을 겸허히 인정하는 바이니, 부디 너그러운 마음으로 이해해 주길 바란다. 또한 과거의 경험을 떠올리는 과정에서 최대한 객관적이고자 노력했으나 나에게 유리하게 미화되고 왜곡된 부분이 분명히 있을 것이라는 걸 미리 밝힌다. 만약 누군가 이 글을 읽고 그런 부분을 발견한다면 서슴없이 오류를 지적해 주기 바란다.

책 속에 언급된 이들 중 글을 읽고 불편하게 느낀 점이 있다면 언제든 용서를 구할 것이며, 내가 쓴 글에 대해 어떤 비판이나 질책이든 감수할 용의가 있음을 밝히는 바이니 솔직한 감상평을 가감 없이 해 주길 기다린다. 이 글이 몇 명에게, 또 누군가에게 어떻게 읽히든 그 자체로 감사할 것이며 어떤 피드백이 오든지 달게 받을 것임을 약속드린다.

난 인생이 마무리되는 때에 살아온 인생을 돌아보며 다시 한번 이같은 글을 쓸 예정이다. 그때의 내 모습과 생각들이 지금의 나와 얼마나 같고 다를지, 현재 삶의 가치관을 그대로 유지하며 살고 있을지, 그도 아니면 나 스스로도 예상 못 한 혁명적인 변화가 일어났을지 벌써부터 궁금해진다.

끝으로 이 부족한 글이 세상으로 나올 수 있도록 도와주신 분들께 지면을 빌려 감사의 인사를 전하고자 한다. 먼저 부족한 자를 귀하게 사용해 주시며 그 큰 사랑으로 내 삶의 모든 여정을 동행해 주신 나의 주 하나님께 감사드린다. 그리고 이 어설픈 글을 쓴다는 이유로 몇 해 동안 가사와 육아에 소홀했음에도 묵묵히 참아 주고 칭찬과 격려를 아끼지 않은 나의 반쪽 김은혜 씨와 내 삶을 돌아보게 하고 글을 씀에 있어 신선한 영감을 주는 나의 딸이자 뮤즈 이은유 어린이에게도 감사를 전하고 싶다.

　또한 어렵고 힘든 삶 속에서도 방황하지 않게 붙들어 주시고 늘 편안한 쉼터가 되어 주신 어머니 김영애 여사님과 나의 영원한 라이벌이자 멘토 이희경 누나에게도 감사를 드린다. 책의 기획부터 출판 때까지 자신의 일처럼 함께 고민해 주고, 매 글의 과정마다 코멘트해 주며 조언을 아끼지 않은 나의 지음(知音) 이진혁 선생님께도 감사를 드린다.

　마지막으로 내 삶의 한 순간, 한 장면들에서 각자의 빛을 내어 주며 부족한 나와 20년 넘게 부대끼며 동행해 준 소중한 친구들(규완, 기훈, 정욱, 명봉, 용우)과 일일이 언급하진 않았지만 살아가면서 잠시나마 소중한 인연이 닿은 모든 분들께 지면을 빌려 깊은 감사를 드린다.

P.S: 감사만 너무 한 것 같아 미안하다는 말도 몇 마디 해야 할 것 같다. 먼저 보잘것없는 글 때문에 수없이 베어져 나간 나무들아 미안하다. 또한 서투른 글과 적확하지 않은 표현들 때문에 교정 작업에 애를 쓴

출판사 관계자분들께 죄송하다. 마지막으로 이 책을 찍어 내느라 아까운 생활비를 탕진하게 되어 함께 허리띠를 졸라매야 할 와이프에게 용서를 구한다. (앞으로 더 열심히 벌게. 여보!)

목차

며, 과정을 통해 배우고 성장해 나간다'고 학생들에겐 늘 말하면서도, 정작 내 자신은 결과에 집착하며 미숙한 모습을 보이기 싫어 매번 핑계 대고 도망만 치는 사람이 되고 말았다.

이런 생각의 흐름 속에서 난 하나의 깨달음을 얻었다. 부족한 연주 실력이 바보가 아니라, 결과에만 집착하고 부족함을 참고 견디지 못하는 내 못난 마음가짐이 바보라는 것을 말이다. 그럼 이번에도 첼로를 배우며 그동안 느꼈던 미숙함과 부족함을 또 한 번 직면해야 할 텐데 스스로 바보임을 인정하고 견딜 수 있을까? 난 이번엔 그러고 싶다. 바보임을 이겨 내 내가 바보가 아님을 증명하고 싶다.

첼로 반 첫 강의 날, 굳은 결의를 품고 E마트로 향했다. 긴장하며 들어간 강의실의 수강생은 나포함 4명. 그런데 젠장, 모두 초등학생들이다. 그것도 저학년들. 벌써부터 내 모습이 부끄러워진다. '난 누구? 여긴 어디?' 하는 생각이 저절로 든다. 선배님들은 이미 지난 여름학기부터 수강하고 있는 상태라 〈작은 별〉 같은 소곡들을 연습하고 계신다. 그런데 40살인 난 초보이기에 첼로 잡는 법부터 활질까지 기본 중에 기본을 배우고 있다. 수업을 들으러 갈 때마다 초등학생들 사이에서 바보가 된 기분이다. 선배님들은 그동안 보지 못했던 어른의 등장에 신기해하면서 내 행동 하나하나를 호기심 어린 눈길로 두루 살핀다.

그래도 이번엔 반드시 참아 내리라. 바보스러움을 견뎌 내 더 이상 바보가 아님을 증명해 내리라. 그러기에 오늘도 난 땀을 흘리며 열심히 첼로 활을 긋는다. 그리고 오지 않을 먼 미래를 김칫국 사발째 원샷하며 상상해 본다. 멋진 연주복을 차려입고 와이프 피아노, 딸의 바이올린, 나의 첼로가 만들어 내는 환상적인 하모니를.

* 코로나 블루: COVID-19 확산으로 일상에 큰 변화가 닥치면서 생긴 우울감이나 무기력증.
** 하림: 〈출국〉, 〈사랑이 다른 사랑으로 잊혀지네〉 등의 히트곡을 가진 싱어 송 라이터이다. 노래 말고도 다양한 국적의 이색적인 악기를 잘 다루는 아티스트로 유명하다.

자동차에 대한 추억 1
'사회 초년생이 겪은 세상의 진(眞)맛'

　사회 초년생으로 나름 잘 적응해 가고 있다고 스스로를 대견해하던 2009년 어느 날, 난 차를 갖고 싶다는 생각으로 가득 찼다. 일단 대중 교통편이 거의 없는 상주에서 차 없이 산다는 게 몹시도 불편했다. 또 당시 급하게 잡은 자취방은 너무도 열악해 주말이면 빨랫거리와 빈 반찬통을 바리바리 싸들고 부모님 댁으로 가야 했는데, 매번 동기차를 얻어 타고 다니던 터라 미안함을 느끼고 있었다. 그렇기에 당시 난 하루 온종일 차 생각만 했다. 수업 외에 시간이 빌 때면 매 시간 중고차를 검색하고 여러 차종의 스펙들을 비교하곤 했었다. 새 차를 사고 싶은 마음은 굴뚝같았지만 사회 초년생이 모은 돈이 어디 있으랴? 새 차는 감히 엄두도 안 났다.

　그해 여름방학, 나와 동기는 카페에서 간만에 여유를 즐기고 있었다. 이런 저런 잡담을 나누던 중 당시 꽂혀 있었던 자동차 이야기로 자연스레 넘어가게 되었다. 내 이야기를 가만히 듣고 있던 동기는 "중고 자동차 상사에나 가 볼까?"라고 급제안했고 난 바로 "오케이!"를 외쳤다. (그땐 그 말이 판도라의 상자를 연 것임을 전혀 깨닫지 못했다.) 그 길로 우린 반야월역 인근에 있는 중고 자동차 상사로 달려갔고 이후 여러 차들을 둘러보며 단지 내를 어슬렁댔다. 멀리서 우리를 보고 냉큼 달려온 인상 좋은 딜러는 조건에 맞는 차를 하나씩 소개해 주기 시작했다.

그날은 8월의 혹서기. 가만히 서 있어도 땀이 줄줄 흐르는 무지 더운 날이었다. 동기와 나, 딜러 모두 더운 날씨 속에 땀으로 온몸이 흠뻑 젖어 갔다. 시간이 갈수록 난 이런 상황이 슬슬 부담이 되기 시작했다. 당장 살 것도 아닌데 이 땡볕에 여러 사람을 1시간 넘게 끌고 다녔으니 이러다 안 사면 바로 역적이 되는 분위기였다.

안 그래도 압박을 느끼고 있던 차에 설상가상으로 친절한 동기는 소위 차를 잘 볼 줄 아는 전문가가 있다며 자신의 지인을 급히 이곳으로 불렀다. 그는 와이셔츠에 정장 바지, 구두 차림이었음에도 불구하고 내가 "이 차 괜찮은데?" 하면 땅바닥에 엎드려 하부를 살피고 뜨거운 보닛을 열고 닫고를 반복했다. 내가 자초한 일이라 말을 못 했지만 맘은 새까맣게 타 들어가고 있었다. 시간은 어느덧 2시간이 훌쩍 지났다. 다들 치친 표정이 역력했고 빠른 결정을 해 주길 바라며 나를 뚫어져라 바라보고 있었다. 이제 안 사면 역적이 아니라 매국노가 될 판이었다.

마침내 난 결단을 내렸다. 어차피 차를 살 마음도 있었고 무엇보다 모두를 개고생시킨 나쁜 사람으로 기억되긴 싫었다. 그래서 둘러본 매런 책임도 지지 않았다. 수리비를 100만 원씩 받으며 차가 괜찮다던 카센터 직원은 "그런 말한 적 없다."며 거짓말을 했다. 억울해 경찰서 도로교통과와 한국소비자 보호원에 신고했더니 "중고차는 계약 당시 굴러만 가면 그 이후는 문제가 생겨도 법적인 책임은 없다."며 사정은 딱하지만 도와줄 수 없다고 했다. "딜러하고 잘 해결해 보라."는 말만 되풀이했다. 이 일로 난 죽을 뻔했는데 누구 하나 미안해하고 위로해 주는 사람이 없었다. 결국 난 고철값 30만 원을 건지고 차를 산 지 이틀 만에 폐차했다.

그렇게 난 단 한 번의 드라이브 만에 내 첫 차와 슬픈 이별을 맞았다. 이 사건을 지금처럼 웃어넘길 수 있을 때까지는 1년도 훨씬 넘게 걸렸다. 차 값과 수리비를 할부로 결재했기에 매달 명세서가 날아올 때마다 그때의 아픈 추억들이 떠오르며 날 괴롭혔기 때문이다.

이 사건 이후 세상 속 내 삶의 태도는 많이 변했다. 일단 차라면 치가 떨렸고, 소위 말하는 전문가란 사람들의 말도 의심하는 버릇이 생겼다. 또한 계약이 얼마나 중요하고 내 삶 전체를 흔들 수 있는지 깨닫게 되어 이후 계약서를 쓰게 될 때면 몇 번씩이나 확인하고 따져 묻는 버릇이 생겼다. (실례로 내가 아파트를 계약할 때 인내심이 폭발한 부동산 중개인이 내게 뼈 있는 농담을 던졌다. "저 사기꾼 아닙니다.")

한참 지난 뒤 이 일을 친구들에게 솔직히 털어놓았을 때, 비슷한 사회 초년생이었던 친구들 역시 나와 비슷한, 그동안 부끄러워 누구에게도 말 못 하고 감추어 왔던 경험들을 하나씩 꺼내놓았다. 전세 사기를 당해 수천만 원을 날릴 뻔한 친구, 살고 있던 원룸이 경매로 넘어가 일부 보증금을 떼이게 된 친구, 지인에게 에어컨이 고장 난 중고차를 눈탱이 맞은 친구 등 소재는 달랐지만 각자 인생의 쓴맛을 보며 세상을 배워 가고 있다는 걸 깨달았다. 그날 우린 서툰 각자를 위로하는 한편 세상에 겸손해지기로 했다. 그리고 굳게 다짐했다. 한 번 당했지만 두 번은 안 당한다고. 우리도 이제 세상의 진(眞)맛을 알게 되었다고.

않다니까?" 하고 허세를 부렸고, 와이프는 "저 결과를 보고도 그런 말이 나오냐?"며 철없는 나를 나무랐다.

　그 주 토요일, 운동을 핑계 삼아 친구와 국토종주 자전거 라이딩을 떠났다. 공주에서 부여까지 왕복 약 70여 Km 되는 거리를 타고 돌아와 우리만의 아지트(친구 집 창고)에서 뒤풀이 자리를 가졌다. 그날의 개막 안건은 단연 건강검진 이야기. 난 그동안 있었던 일을 무용담처럼 장황하게 늘어놓았다. 친구는 자신도 "내년에 건강검진을 받아야 한다."며 깊은 공감을 보였다. 대화는 곧 "우리가 더 이상 젊지 않으니 이젠 건강에 유의하자." "건강을 잃으면 모든 걸 잃는다." 따위의 뻔한 다짐으로 이어졌다. 그리고 우린 술자리를 시작하며 약속했다. "이제 나이를 생각해 술을 줄일 때가 왔어요. 오늘은 각자 딱 1병씩만 기분 좋게 마십시다."

　시간이 한참 지나 자리를 파하게 될 쯤, 옷을 주섬주섬 챙겨 입으며 무심코 앉았던 테이블을 쳐다보았다. 이상했다. 우리가 모르는 술병들이 자리 위에 가득한 게 도무지 이해가 되지 않아 직접 숫자를 세어 보았다. "하나, 둘, 셋… 일곱?" 그렇다. 우린 또 잔뜩 feel 받아서 자신들도 모르게 끊임없이 술 냉장고로 손을 뻗은 것이다. 더구나 그날의 스코어는 평소보다도 한참 오버되었다.

　그날 난 집으로 돌아와 잠들기 전까지 와이프에게 한참 동안 잔소리를 들어야만 했다. 그리고 친구는 그날 테이블을 치우는 내내 제수씨의 차가운 냉소와 비아냥거림을 홀로 견뎌야만 했다. "니들 허언증 아니냐?"며. 유구무언(有口無言), 허언증 맞다. 너무 부끄럽다.

혼자라는 건

　요즘은 혼밥, 혼술, 혼코노(혼자 코인 노래방), 혼자만의 여행 등이 유행이지만 내 어린 시절만 하더라도 혼자라는 건, 혼자 무언가를 한다는 건 매우 낯설고 이상하게 여겨지는 일이었다. 예를 들어 혼자 밥을 먹는 사람들은 사회성 결여나 성격상의 문제가 있음을 의미했고 소위 말하는 '왕따'로 취급받기 일쑤였다. 그래서인지 그 당시 인터넷에서는 '대학에서 친구를 사귀지 못해 혼자 밥을 먹어야 하는데, 그 모습을 주변 사람들에게 들키기 싫어 화장실에서 몰래 먹었다.'는 글이 올라온 적이 있는데, 이에 대한 공감여부를 놓고 한때 논쟁이 벌어지기도 했다. 내 친한 친구 중 하나도 학교에서 혼자 끼니를 해결해야 하는 상황이 되면 식당 가는 걸 포기하고 간단한 커피나 비스킷으로 때우고는 했다. 그게 너무 이상해서 "왜 그러냐?"고 물어봤더니 돌아온 대답은 "혼자 밥 먹는 모습을 누군가 보면 쪽팔린다."였다.

　난 그 정도는 아니었다. 혼자 밥도 잘 먹었고 수업도 공부도 주로 혼자 하는 편이었다. 그러나 그건 내 자발적 선택이 아니라 편입생이라는 당시 상황 때문이었다. 겉으로 티내진 않았지만 나 역시 함께해 줄 누군가를 몹시도 바라고 있었다. 가만히 돌이켜 보면 젊은 시절 해 보고 싶고, 바라고, 도전하고 싶은 것들이 주변에 널려 있었음에도 상당수가 이런 이유들로 포기하거나 주저했었음을 느낀다.

실례로 그토록 가고 싶었던 해외여행도 나는 30살이 한참 지나서야 겨우 떠날 수 있었다. 오래전부터 친구들과 같이 떠나기로 약속했는데 막상 기회가 될 때면 각자의 이유와 사정이 생겨 차일피일 미루기만 반복했다. 혼자라도 떠나고 싶은 마음이 굴뚝같았지만 결국 실행에 옮기지 못했고 번번이 계획만 세우다 포기하기를 반복했다.

당시 그토록 바라던 해외여행을 혼자 떠나지 못한 이유는 무엇이었을까? 먼저, 낯설고 처음 겪는 상황에 혼자 놓이고 싶지 않았던 것 같다. 그러다 보니 경험을 쌓고 익숙해질 때까지 누군가에게 의지하고 싶었던 것 같다. 또 혼자 있는 것을 잘 견디지 못했고 고독을 즐기지 못했다. 먼 타지에서 혹시나 찾아올지 모르는 외로움과 마주하고 싶지 않았다. 마지막으로 사람들에게 혼자 있는 모습을 보여 주고 싶지 않았다. 그곳에서 아무도 나에게 아무 관심이 없으며 누구도 주목하지 않을 거라는 건 알고 있었지만 왠지 '혼자이면 초라하거나 처량하게 느낄 것 같다.'는 생각이 자꾸 들었다. 이런 이유들로 한 해 두 해 시간만 미루다 이러다가는 영원히 못가겠다 싶어 결국 늦은 나이에 친누나와 첫 해외여행을 떠났다.

내 첫 해외여행의 행선지는 홍콩이었다. 그런데 함께 떠난 누나는 여행 내내 시큰둥하기만 했다. 일단 처음인 나에게 대부분 양보하고 맞춰 주다 보니 원하던 여행지도 아니었고 추구하는 여행 스타일이 너무 달라 다툴 때가 많았다. 그리고 가족이다 보니 친구와 갔다면 양보하고 배려했을 일도 각자 주장만을 내세우기 바빴고, 때론 너무도 솔직한 감정을 가감 없이 드러내며 서로에게 상처를 주기도 했다.

결국 여행 이틀 만에 숙소에서 누나와 크게 싸웠다. 그리고 남은 일정은 각자 다니기로 했다. 해외여행에 익숙한 누나는 그동안 나 때문에 하지 못한 것들을 다 할 거라며 행선지를 새로 짜느라 바빴다. 괜히 지기 싫어 여행 책을 뒤적이며 혼자만의 여행을 준비하는 척했지만 여간 불안한 것이 아니었다.

돌이켜 보면 당시 난 그동안 여행에 대한 아무런 준비와 노력을 하지 않았다. 환전을 하고 동선을 짜는 것도, 식당을 예약하고 티켓팅을 하는 것도, 현지인과 소통할 일이 생길 때도 모든 것을 경험 많은 누나에게 의지하고 있었다. 내심 사과할까도 생각했지만 남은 일정도 비굴하게 뒤꽁무니만 따라다니며 눈칫밥 먹을 순 없었다. 그래서 용기를 내어 홀로서기를 준비했다.

다음 날 아침 여행 책을 품에 안고 숙소에 나와 홀로 길을 나섰다. 이틀 동안 익숙하게 봐 온 풍경인데도 그날의 홍콩은 왠지 새롭고 낯설게 느껴졌다. 혼자서 첫걸음을 이미 내딛은 이상 밤새 고민한 일정과 계획을 하나씩 수행해 보기로 했다. 조금 어색하고 서툴렀지만 생각만큼 어렵지도 힘들지도 않았다. 현지인과 언어가 안 통해 어려움을 겪으면 손짓발짓으로 문제를 해결해 갔고, 쉽게 갈 수 있는 길을 한참 헤매고 돌아갔지만 그 가운데서 숨겨진 골목들과 진짜 로컬들을 만날 수 있었다. 음식점에서 메뉴를 잘못 주문해 원치 않은 식사를 했음에도 웃음이 터졌고 익숙하지 않는 고수를 빼 달라는 말을 하지 못해서 코를 막고 음식을 먹으면서도 내내 즐거웠다. 생각했던 대로 여행이 흘러가진 않았지만 순간순간 찾아오는 돌발 상황들과 실수들이 오히려 내 여행을 더욱 재미있고 풍성하게 만들었다. 주체적으로 여행을 해나가며 그동안 느끼지 못했던 기쁨과 희열이 찾아왔다.

막상 해 보니 별거 아니었다. 이 별거 아닌 것 때문에 그동안 걱정하고 두려워했다는 것이 내심 부끄러웠다. 그리고 그다지 외롭지도 않았다. 오히려 하고 싶었던 것을 마음껏 할 수 있어 자유로웠고 누구의 눈치를 보지 않아도 되어 몸과 맘이 편했다. 그리고 혼자이기에 더 많은 생각을 할 수 있었고 그 가운데 여행의 참된 목적인 나를 돌아볼 수 있었다.

이날의 경험 이후로 나는 혼자 여행을 즐기게 되었다. 더 나아가 혼자 하는 모든 일들을 즐기게 되었으며, 혼자인 것이 익숙하고 자연스러워지기 시작했다. 그동안 '누군가와 함께해야만 한다.'고 했던 생각들 때문에 미루고 놓쳤던 기회와 시간들이 너무 아깝게만 느껴진다. 또한 혼자만의 여유와 즐거움을 모르고 살았던 지난날에 대한 후회와 아쉬움이 이제야 진하게 남는다.

30대가 훌쩍 넘어서야 난 비로소 '욜로(YOLO)'의 삶을 실천하고 있다. 되돌릴 수 없는 내 인생을 위해, 후회 없는 내 삶을 위해 이제야 혼자 서는 법을 배우고 있다. 상대만을 바라보며 따라가기보다 내 감정, 내 욕구, 내 목소리에 귀 기울이려 노력하고 있다. 지금까지 타인을 바라보며 그에 맞춰 살아왔기에, 이젠 스스로를 바라보며 나에게 맞춰 살아가 보고 싶다. 때론 고독하고 누군가가 그립겠지만 그 속에서 진정한 자유를 누리고 싶다.

P.S: 그런데 신기한 건 혼자 서 있는 것이 익숙해지고 자연스러워지니 오히려 주변에서 나를 더 찾기 시작했다. 그들에게 맞춰 주고 배려할 때보다 지금 더 많은 관심과 존중을 받고 있다. 세상 참 모를 일이다.

콩 심은 데 무엇이 나랴?

흔히 아이들은 세 가지가 불가능한 존재라고 한다. 통제 불가능, 이해 불가능, 감당 불가능. 내 딸아이 역시 절대 내 뜻대로 할 수 없음을 해가 갈수록 절실히 느낀다. 물론 아이를 낳기로 결정하면서 이미 예상하고 어느 정도 감수한 바이며, 딸아이가 또래 아이들에 비해 절대 지나치거나 과한 편이 아님에도 가끔 버겁고 힘들게만 느껴진다. 과거 총각시절 아이들의 통제 불능과 이해 못 할 행동 등을 볼 때 철없이 부모에게 손가락질부터 해댔던 내 모습이 떠오르며 괜히 그들에게 미안해진다.

딸아이가 '내 뜻 같지 않다.'고 느낄 때가 자주 있는데 먼저 사람에게 너무 의존적이다. 일단 흔히 말하는 '엄마 겸 딱지'로 엄마에게 집착적이며 잠깐이라도 눈에 보이지 않을라치면 너무도 불안해한다. 그리고 주변 친구들의 말과 행동에 상처를 너무 잘 받는다. 자신이 좋아하는 걸 원하기보다 주변 친구들이 좋아하는 것을 따라 원한다. 무언가를 하고 싶어 하는 것 같아 시켜 주면 재미있게 그 상황을 즐기는 것이 아니라 두리번거리며 주변 아이들만 관찰하며 겉돈다. 인간관계에 있어서도 먼저 다가가 적극적으로 리드하길 바라나 소극적으로 선택받기만을 기다린다. 또한 겁이 많아 또래 아이들이 좋아하는 놀이기구도 장난감도 무섭다고 난리다. 같이 공연이나 영화를 볼 때 주변 조명이 어두워지거나 나쁜 악당이라도 나오면 이내 무섭다며 울음을 터트려 공공장소에서 우리들을 당황시킬 때가 많다.

물론 이런 모습이 특별하지 않다는 건 나도 잘 알고 있다. 하지만 독립적이고 인간관계에 집착하지 않으며 자신의 목소리에 더 귀 기울이고, 매사에 적극적이며 과감한 선택을 해야 세상 속에서 더 큰 행복을 얻을 수 있음을 경험상 너무나 잘 알기에 이런 모습들이 내심 못마땅하다. 그래서인지 자꾸 이런 모습을 볼 때마다 아이에게 잔소리와 참견을 하게 된다. 그럴 때마다 와이프는 "단점보단 장점을 봐주고 칭찬과 격려를 많이 해 줘."라고 부탁하지만 누가 선생 아니랄까 봐 몸에 배인 훈장질이 나도 모르게 나오는 것은 어쩔 도리가 없다.

지난 명절에 고향집에서 오랜만에 어머니와 이런저런 이야기를 나누고 있을 때였다. 여러 이야기를 주고받다가 자연스레 이런 딸아이의 성향에 대한 아쉬움을 넋두리처럼 털어놓았다. 한참을 듣고 있던 어머니가 "애들은 다 그렇다."며 웃으시고는 한마디 덧붙이셨다. "딱, 너 어릴 때 같네."

알고 있었다. 사실 그동안 내가 마음에 들어 하지 않았던 딸아이의 행동은 어릴 적 내 모습과 너무나 닮아 있다. 주변 사람들에게 좋은 사람으로 보이기 위해 내가 원하는 걸 포기하며 상대에게 맞추려고만 했던 모습들, 꿈과 이상은 크나 용기가 부족해 당당히 나서지 못하고 뒤에서 몰래 부러워했던 모습들, 겁이 많고 의심이 많아 도전보다는 항상 안전한 길만 선택했던 모습들, 상황을 즐기지 못하고 남과 비교하며 내내 불평했던 모습들 모두 어릴 적 내 모습과 너무도 닮았다. 솔직히 말하자면 난 딸아이보다 더하면 더했지 절대 덜하지 않았다.

내가 그동안 딸아이의 행동들을 내심 마음에 들어 하지 않았던 건, 많은 잔소리를 쏟아 냈던 건, 살아가면서 이런 성격들 때문에 상처받고 홀로 괴로워했던 예전 내 모습이 떠올랐기 때문이리라. 그리고 그런 모습을 극복해 나가는 데 너무나 많은 노력이 필요했고 40이 넘은 지금도 완전히는 극복하지는 못했기에 내 딸만큼은 같은 시련을 겪지 않길 바랐기 때문이리라.

'개구리 올챙이시절 생각 못 한다.' 싶으면서도, 한편으로는 나와 다른 올챙이로 자라 주길 내심 바라고 있었던 것 같다. 그런데 야속하게도 결과는 걱정대로일 가능성이 크다. 콩 심은 데 콩 나지, 팥이 나올 리가 없지 않은가? 다만 바라는 건 아이가 나보다 더 빨리 자신의 알을 깨고 나와 주길, 그리고 그 과정에서 나보다 덜 힘들어하기만을 기도할 뿐이다.

이런 생각들을 하며 문득 딸아이를 쳐다보니 입을 벌린 채 넋 놓고 TV를 바라보고 있다. 늘 하던 잔소리를 또 하려다가 나도 몰래 실소가 터져 나왔다. 어린 시절 부모님께 그렇게 혼이 나면서도 자정 넘어 애

국가가 다 끝날 때까지 잠도 안 자고 TV만 쳐다보고 있었던, 군대 이등병 시절 소위 '빠졌다'는 소릴 들으며 얼차려를 받으면서도 고참들끼리 삼삼오오 모여 보던 드라마를 몰래 훔쳐보았던 예전 내 모습이 떠올랐기 때문이다. '자식만큼은 뜻대로 안 된다.'라는 옛말이 떠오르면서도 그런 딸아이가 더욱 사랑스럽게 느껴진다.

여행을 통해 느낀 깨달음

1.

칼바람이 불던 어느 겨울날, 혼자만의 여행을 떠났다. 첫 행선지인 도산서원에 들러 이곳저곳 둘러보다 강 한가운데 섬처럼 떠 있는 *시 사단을 보기 위해 강가로 다가섰을 때였다. '쿠우웅~ 쩍쩍' 하며 울리는 낯설고 신비로운 굉음이 내 귀를 사로잡았다. 처음에는 무슨 소리인지 몰랐으나 이내 강에서 나는 소리임을 깨달았다.

문화재 해설사의 말로는 얼음이 우는 소리라고 했다. 이 소리는 추운 겨울철 강가에서 주로 들을 수 있는데, 강추위에 얼음들이 두꺼워져 부피가 늘어나고 팽창하면서 서로 부대끼고 갈라질 때 나오는 것이라 한다. 이런 소리가 날 때면 얼음에 금이 가기도 하지만 시간이 지나면 오히려 얼음이 두꺼워지고 단단하며 견고해진다고 한다.

지금까지 나의 삶도 이와 같지 않았을까? 어린 시절 고된 삶 속에서 때때로 찾아왔던 추운 겨울과 같은 시련들은 내 몸속에 크고 작은 생채기를 남겼다. 그리고 생채기가 굳어지고 고착되는 과정에서 난 거대한 굉음을 내며 하염없이 울부짖었다. 하지만 그 상처와 시련은 이내 아물어 갔고 부러진 뼈가 붙으면 더 두꺼워지고 단단해지듯, 시련을 견디고 이겨 내면서 내 심지는 더 굳건해지고 강건해졌다.

조개가 자신의 몸속에 들어온 이물질을 견뎌 내는 과정에서 찬란한 진주를 만들어 내듯, 앞으로 겪게 될 수많은 시련들이 나를 단련해 정금이 되게 할 것임을 믿고 겸허히 그리고 담대히 주어진 삶을 살아 내려 한다. 내 삶은 성공만으로 쌓여진 모래성이 아니라 수많은 상처 속에 다져진 견고한 성이기에 다가올 시련과 고난도 결국 버티어 이겨 낼 것이라 믿는다.

* 시사단(試士壇): 경상북도 안동시 도산면 의촌리에 있는 조선시대 비각으로 도산서원에서 소유, 관리하며 조선 정조 때 지방별과를 보았던 자리를 기념하기 위해 세운 비석이다.

2.

COVID-19가 시작되었던 2020년 초, 평범한 일상들이 모두 다 멈추고 처음 겪어 본 혼란과 공포 속에서 하루하루를 보내고 있을 때였다. 외출을 삼가하고 집에 머무르는 날이 많아지자 좀이 쑤시고 답답해지기 시작했다. 탈출구가 필요했다. '어떤 것이 COVID-19로부터 안전하면서 재미도 느낄 수 있을까?' 고민하던 차에 한 친구의 권유로 자전거 라이딩을 시작했다.

처음에는 '답답하니 바깥 공기 좀 쐬자.'는 취지로 동네 인근을 돌며 가볍게 시작했는데 지금은 이게 취미가 되어 한 달에 한 번씩 전국의 강을 따라 형성된 자전거길을 누비며 국토 종주를 완성해 가고 있다. 우연히 만난 녀석이지만 지금은 평생의 친구가 생긴 것 같은 기분이다.

　자전거 라이딩이 좋은 이유는 다른 교통수단과 달리 누구의 힘도 빌리지 않는, 오로지 내 스스로의 동력으로만 앞으로 나아갈 수 있다는 것이다. 내가 열심히 페달을 굴리면 빨리, 멀리 가지만 내가 아무것도 하지 않으면 속도가 느려지다 이내 제자리에 멈춘다. 세상을 살아가면서 노력한 만큼 결과를 못 볼 때가 많은데, 자전거 라이딩은 한 만큼 결과가 따라온다. 게으름을 피우면 금세 티가 나고 편법과 꼼수도 없다. 정해진 시간과 목표 지점에 자전거가 도달하는지 못하는지는 순전히 페달을 밟는 나의 몫이다. 누구에게 핑계도 변명도 댈 수 없기에 그저 묵묵히 페달을 돌릴 뿐이다.

　그리고 자전거 라이딩을 통해 삶의 깨달음을 얻는다. 라이딩을 하다 보면 평소와 달리 몸이 가볍게 느껴지고 도로 위를 미끄러지듯 거침없이 나아갈 때가 종종 있다. 그럴 때 쭉쭉 앞으로 나가는 자전거를 보며 오롯이 내 힘으로 이뤄 낸 양 과시하며 으스댄다. 그런데 얼마 가지 않아 금세 힘에 부치고 버거워진다. 분명히 아까와 같은 힘을 쓰고 있는데도 속도는 나지 않고 자전거 바퀴는 제자리만 맴도는 것만 같다.

　한순간 상황이 바뀌게 된 건 바로 바람 때문이다. 등 뒤에서 바람이 불 때는 순풍을 타고 자전거가 뻗어 나가지만 맞바람이 불 때는 바람의 저항으로 힘을 받지 못한다. 평소보다 두세 배 에너지를 써야 예전의 속도를 유지할 수 있다. 자전거 라이딩을 하다 보면 이런 바람이 시시때때로 뒤바뀐다. 그러기에 잘나갈 때 겸손하며 자신의 힘을 과시하지 말고 비축해야 하며, 때때로 버겁고 힘에 부칠 때 참고 묵묵히 버티다 보면 이내 순풍이 불어와 나를 도울 것이라는 걸 자전거를 타며 깨닫는다.

이런 깨달음들을 주기에 시간이 허락될 때면 난 설레는 마음으로 자전거를 타고 집을 나선다. 자전거 바퀴가 닿는 길 위에서 만나게 될 다양한 경험과 깨달음, 나만의 사색을 기대하며 오늘도 묵묵히 페달을 밟는다. 자전거를 타고 여행하는 그 길이 나에겐 산티아고 순례길 못지않다.

3.
첫 해외여행으로 홍콩을 갔을 때였다. 처음이다 보니 의욕이 넘쳤고 짧은 여행 기간 동안 이곳을 모두 둘러보고 가겠다는 욕심에 가득 찼다. 그래서 출발 전부터 여행 책자가 닳도록 정보를 탐색하며 매일매일 최적의 여행 루트를 짰다. 또 특산물이나 유명한 음식 리스트를 작성하고 아침, 점심, 저녁에 분산시켜 식단을 짰다. 심지어 디저트를 중간중간 뭘 먹을지도 미리 고민해 두었다. 그리고 여행책자에 안내되어 있는 곳을 방문할 때마다 책에 ×표를 치며 하나둘씩 정복해 갔다.

그래서 여행은 새벽 이른 시간부터 시작되었고 하루 일정을 마치고 숙소에 올 때면 그날의 여운을 즐길 새도 없이 피곤에 찌들어 그대로 침대에 뻗기 일쑤였다. 지금 보면 미련해 보이지만 당시엔 그게 내가 생각한 가장 효율적이며 후회 없는 여행이었기에, 심신이 고단했지만 여행 일정 내내 정말 부지런히도 움직였다.

꿈에 그리던 첫 해외여행이 끝나고 돌아온 후 가끔 그때의 추억이 떠오르곤 한다. 그런데 신기하게도 그렇게 열심히 준비하고 매 순간을 남기고자 분주했던 일정들은 거의 기억에 남지 않는다. 그냥 단편적인 장면들만 몇몇 기억날 뿐 그날의 느낌, 분위기, 그곳의 사람들, 그때의 감정 등은 전혀 떠오르지 않는다. 오히려 생생하게 떠오르는 기억은 아이러니하게도 유명 관광지나 음식점, 랜드 마크가 아니라 무더위에 지치고 힘이 들어 잠시 쉬기 위해 들린 침사추이의 한 카페의 추억이다.

그 카페의 정확한 위치도 상호명도 기억이 나지 않는다. 단지 높은 언덕지대에 있었으며 주변에 빌딩들이 많았고 혼잡한 도로가였다는 것만 기억이 난다. 카페 실내를 통해 야외 테라스로 나아가면 작은 테이블이 있었는데 그곳에 앉으면 저 멀리 주룽반도와 홍콩 섬을 분주히 오가는 배들의 모습을 볼 수 있었다. 난 그곳이 마음에 들었기에 자연스럽게 그쪽으로 향했다.

그곳에서 약 2시간 정도를 멍하니 있었던 것 같다. 별다른 생각 없이 언덕에서 보이는 시원한 바다 풍경을 눈에 담았고 그날의 온도를 오롯이 느꼈다. 그리고 소파 깊숙이 몸을 박고 매장에서 흘러나오는 국적 모를 음악에 입을 흥얼거리며 멍하니 있었다.

대략 1시간 쯤 지났을까? 그때부터 여러 가지 생각이 떠오르기 시작했다. 내가 살아온 삶, 내 주변의 사람들, 내 직업과 당시의 고민들, 연애와 결혼에 대한 생각들. 한참을 그렇게 내 자신과 깊은 대화를 주고받다 매섭게 내리쬐던 태양이 서서히 저물고 바깥공기가 서늘해져 갈 때쯤 난 카페를 떠났다.

그날 우연히 방문한 카페에서 그동안 간절히 만나고 싶었던 진짜 나와 만날 수 있었다. 나와의 깊은 대화를 통해 그동안의 삶을 진지하게 되돌아볼 수 있었고 앞으로의 살아갈 목적과 방향을 다시 한번 점검하게 되었다. 이날 이후 내 여행의 방식은 조금씩 바뀌기 시작했다. 물론 예전처럼 열심히 유명 관광지를 돌아다니며 바쁜 일정을 보내긴 하지만 하루 정도는 낯선 곳에서 나른하고 여유로운 혼자만의 시간을 갖고자 노력하게 되었다. 그동안 미처 관심 주지 못했던 나를 만나기 위해, 나조차 몰랐던 진짜 나를 발견하기 위해.

그리고 이 일을 통해 잠시 멈출 줄 아는 방법을 알게 되었다. 혹시나 앞으로 바쁜 일상 속에서 잠시 멍하니 있는 나를 발견한다면 잠깐 쉬어 가는 중임을 알아주었으면 한다. '자신과의 대화를 통해 삶의 방향을 다시 찾고 있구나.' 생각해 주었으면 한다.

콤플렉스
'다한증'

   누구나 완벽한 존재가 아니기에 모두들 콤플렉스를 안고 살아간다. 남들에 비해 큰 얼굴, 적은 머리숱, 돌출된 입, 긴 허리 등 그 종류 또한 다양하다. 물론 누군가는 자신에게는 '딱히 이렇다 할 콤플렉스가 없다.'고 말할 수도 있다. 그러나 그들 역시 과연 콤플렉스와 무관하다고 할 수 있을까? 평소에는 자아의 강한 조절로 콤플렉스가 발현되지 않을 수 있지만, 언제 어떤 계기로 인해 숨겨진 콤플렉스가 모습을 드러낼지 본인 스스로는 절대 알 수가 없다.

   또한 외적인 것이 아닌 내면의 감정 어딘가에 콤플렉스가 자리 잡고 있을 수도 있다. 누군가에 대한 열등감, 남들 앞에서 말하거나 새로운 사람과 사귐에 있어서의 불안과 긴장, 심한 결벽증이나 특정 사물에 대한 집착 등도 어쩌면 콤플렉스일지 모른다.

   결국 우리는 완전무결한 존재가 아니기에 누구라도 콤플렉스에서 완전히 자유로울 수 없다. 나 역시 다르지 않았다. 누구보다 부족하고 나약한 존재이기에 사실 존재 자체가 콤플렉스 덩어리라 해도 과언이 아니다. 그런데 그 수많은 것들 중 유독 한 가지는 평생 나를 괴롭히며

순간순간 좌절하게 했고 심리적으로 위축되게 했다.

　난 다한증이 있다. 전체적으로는 땀이 많은 편이 아닌데 유독 손바닥에는 심할 정도로 땀이 많다. 다행스럽게도 나이가 들어가며 많이 좋아진 편이나 어릴 적에는 무척 심했고 이것이 당시 나에게는 큰 고민거리였다. 다한증을 겪지 않는 사람들은 '손에 땀 좀 나는 게 뭐 그리 대수냐.' 할지 모르겠다. 그런데 겪어 본 사람은 알 것이다. 이것이 얼마나 불편하고 일상생활에 많은 지장을 주는지를. 직접 겪어 보지 않으면 절대 모른다.

　먼저, 사람들과의 관계에서 위축된다. 연인이든 동료든 상대와 친분을 맺은 후 좀 더 발전된 관계로 나아가기 위해서는 손으로 하는 가벼운 스킨십이 필요하다. 악수라 던지 손잡기라 던지 말이다. 어쩌고 보면 가장 무난하고 부담 없는 방법인데 손에 땀이 많은 나로서는 무척 불편하고 난처한 일이다. 왜냐하면 축축하게 젖은 손으로 상대방의 손을 잡았을 때 불쾌하다 느끼지 않을까 심리적으로 위축되기 때문이다. 실제로도 많은 사람들이 내 손을 잡은 후 흠칫 놀라기도 했으며, 일부의 사람들은 대놓고 찝찝해하며 불쾌한 낯빛을 보이기도 했다. 이런 일이 반복되다 보니 어느 정도는 감수하는 바이나, 나도 사람이기에 속으로만 해 주었으면 하는 감정표현을 여과 없이 드러낼 때는 내심 속상하기도 했다.

　그리고 손으로 하는 활동에 여러모로 어려움이 많다. 그림을 그릴 때 손에 난 땀으로 번지기 일쑤였으며 시험을 칠 때도 답안지가 젖어 버려 난처한 적이 많았다. 땀이 많은 손으로는 정밀한 작업을 하는 것도 불편하기 그지없다. 사범대로 편입하기 전 △△대학 조경학과에 다닐 때 종종 수작업으로 도면을 그려야 했는데, 잘 그리다가도 땀 때문에 망치는 일이 잦았다. 그래서 어쩔 수 없이 장갑을 꼈었는데 아무래도 맨손일 때보다 섬세한 작업이 쉽지 않았으며 특이한 모습으로 인해 주변의 웃음거리가 되기도 했다.

또한 지문을 찍을 때도 땀 때문에 한 번에 잘 인식되지 않는다. 처음 주민등록증을 만들 때 지문이 잘 나오지 않아 한 시간 넘게 동사무소 직원분과 손가락이 닳도록 인주를 묻혔다 지우기를 반복했으며, 지금도 간단한 지문 인식으로 저렴하게 각종 서류를 뗄 수 있음에도 불구하고 돈을 더 내고 창구를 이용하기도 한다. 그럴 때마다 직원분의 의아해함과 핀잔은 항상 덤으로 받는다. 요즘도 학교에서 초과근무 등록을 위해 지문 인증을 시도할 때도 잘 안돼서 20분 넘게 작은 기계와 씨름하기도 했다.

마지막으로 일상생활에서 젖어 있는 손 때문에 물건을 잘 놓치거나 손이 미끄러지는 경우가 많다. 초등학교 체육 시간 때 구름사다리를 타는 연습을 하다 손이 미끄러지는 바람에 땅에 떨어져 손목이 부러지기도 했고, 군 시절 유격훈련 때 줄타기를 하다가 줄을 놓치는 바람에 조교에게 기합을 받기도 했다. 언젠가는 야구연습장에 갔다가 배트가 미끄러져 그물망으로 날아가 버리는 바람에 주변의 비웃음을 사기도 했다.

　지금 당장 생각나는 것만 해도 이 정도니 얼마나 불편할지는 얼추 상상이 될 것이다. 그래서 난 웬만하면 손으로 하는 활동들을 즐기지 않는다. 인간이 동물과 다른 이유 중 하나가 손을 사용해서라는데, 땀 때문에 인간의 장점인 손을 잘 사용하지 못한다니 스스로 생각해도 정말 어처구니가 없다. 상황이 이렇다 보니 다한증이란 콤플렉스는 나를 위축시키고 자꾸 움츠러들게 한다. 할 수 있는 일의 가능성을 차단시키고 겪지 않아도 될 불편함을 안겨 주어 나를 자꾸 작아지게 한다.
　어릴 적부터 다한증을 극복하기 위해 많은 시도를 해 봤다. 누군가 "신장기능이 약해 그렇다." 해서 비싼 돈을 주고 보약도 지어 먹어 봤고, 병원에서 처방받은 땀 멈추게 하는 약도 써 봤지만 별 소용이 없었다. 병원에 가 상담도 해 보고 수술도 진지하게 고민해 봤다. 그러다 인터넷에서 진실인지는 몰라도 다한증 수술 후 손에 땀은 멈췄는데 콧등에 땀이 잔뜩 난다거나 무릎에 땀샘이 터졌다는 이야기를 듣고 그럴 바엔 지금이 낫단 생각에 그냥 놔두기로 했다. 그리고 이제는 자포자기하며 다한증을 나의 일부라 여기며 살아가고 있다.

　아이가 태어났을 때 나를 절대 닮지 말았으면 하는 것이 많았지만 그중 하나만 꼽으라면 단연 다한증이었다. 그런데 하나님도 무심하시지, 우리 딸 역시 태어나면서부터 다한증이 있다. 손을 잡아 보면 아니

나 다를까 촉촉한 게 내 자식임이 분명하다. 나를 닮았다는 친밀감이 들면서도 다른 한편으로는 내가 겪은 시련과 고통을 딸아이가 고스란히 반복하겠구나 생각하니 내심 미안하기만 하다.

얼마 전 퇴근 후 저녁을 먹고 아이와 팔씨름을 하며 놀고 있었다. 한참 놀다가 문득 딸에게 물었다. "아빠 손에 땀이 많아 싫지 않아?" 그랬더니 아이가 웃으며 "아니, 난 아빠 손이 촉촉하고 부드러워서 좋아."라는 답이 돌아왔다. 혹시나 불편해하지 않을까 내심 걱정하며 던진 질문에 감동적인 대답이 돌아오니 갑자기 눈시울이 붉어졌다. 콤플렉스로 인한 그동안의 상처와 고통이 딸의 입을 통해 치유받는 느낌이었다.

가만히 생각해 보면 대다수의 사람들이 나의 다한증을 싫어했지만 드물게 몇몇은 싫어하지 않고 오히려 좋아해 줬다. 그 특별했던 사람들을 떠올려 보니 부모님, 사촌 동생, 아내 등 모두 나를 아끼고 사랑해 주는 사람들이었다. 나를 위로하기 위한 립 서비스가 아니라 진심으로 좋아해 주었고, 언제 어디서나 내 젖은 두 손을 먼저 꽉 잡아 주었다.

그렇다. 그렇게 감추고 싶던 콤플렉스도 나를 진심으로 사랑하는 사람들 앞에서는 아무 문제가 되지 않으며 오히려 사랑스러운 부분이 될 수 있다. 콤플렉스가 더 이상 콤플렉스가 아닐 수 있다. 나를 사랑하는 사람들만 괜찮다면 아무 문제없지 않은가? 어차피 영원히 함께할 사람들은 이들이고, 나는 이들과 더불어 살아갈 것이기에. 이제 더이상 콤플렉스에 갇혀 움츠러들지 않고 당당해지기로 했다. 애써 숨기지 않고 있는 그대로의 나를 보여 주기로 했다.

　이젠 다한증을 비웃고 놀려도 별 상관하지 않는다. 이런 내 손을 잡아 주며 진심으로 아껴 주는 사람들이 옆에 있기에. 진정 내 모든 것을 사랑해 주는 사람들이 나를 감싸고 있기에. 그러니 이젠 "I Don't Care."

어머니로부터 배운 삶의 지혜

어릴 적 집안 형편과 상관없이 어머니의 취향은 매우 고상했다. 또래의 아이들이 매일 아침 엄마의 잔소리, 등짝 스매싱으로 눈을 뜰 때 난 클래식 음악 소리에 잠이 깼다. 어머니는 아침마다 항상 베토벤이나 쇼팽의 교향곡을 크게 틀어 놓으셨는데 이 소리가 집안 전체에 울려 퍼지고 부엌의 달그락거리는 소리가 귀를 괴롭히면 난 아침이 왔음을 느꼈다.

어머니는 인테리어 잡지를 즐겨 보셨다. 당시 우리 집과는 너무도 다른 넓은 아파트의 세련된 인테리어를 보시며, 종종 언제 생길지도 모를 미래의 집에 대해 구체적으로 설명하곤 하셨다. "앞으로 우리가 넓은 집으로 이사 가면, 전반적으로는 화이트 톤으로 꾸밀 거고 거실엔 길고 커다란 테이블을 놓을 거야. 그리고 주방에는 감각적인 조명들을 설치하고, 식기는 음식 모양에 맞게 세팅을 할 거야."

한창 예민한 시기에다 어려운 가정 형편으로 많이 위축되어 있었던 나에게는 이런 소리들이 현실을 회피하는 것만 같은 무책임한 이야기처럼 들렸기에 어머니의 말들을 가시 돋친 말로 받아쳤었다. "지금 현실은 구질구질하기만 한데, 언제 그런 일이 생긴다고?" "제발, 수준에 맞게 삽시다." 그때마다 어머니는 웃으시면서 나에게 이런 말씀을 하셨다. "지금 현실이 힘들어도 꿈을 크게 가지렴. 언제까지 우리가 이렇게 살기만 하겠니?" "나중에 누릴 수 있을 때를 위해 준비해야지." 이런 말을 들을 때마다 난 어김없이 짜증을 내며 세상 물정 모른다고 툴툴댔다. 그 당시 나에겐 이 가난의 터널은 끝이 없을 것 같았고, 이번 생은 이미 망했다는 패배감에 사로잡혀 있었다. 많은 기대를 할수록 현실 속 좌절감만 커진다는 걸 너무 일찍 알아 버린 나에게는 그런 말들은 허무한 신기루처럼 느껴졌다.

20대 시절 학비와 생활비, 용돈을 벌기 위해 각종 아르바이트를 전전했다. 식품공장부터, 막노동, 카페와 식당 서빙, 휴대폰 판매 영업 등 돈이 된다면 닥치지 않고 일을 하던 때에도 어머니는 아름답고 고상한 이야기들을 늘어놓으셨다. 클래식 연주회에 가 보라든지, 각종 전람회에 가서 최신 유행과 트렌드를 꼼꼼히 살펴봐야 한다든지, 하던 아르바이트를 멈추고 해외여행을 나가 보라든지, 영어나 다른 외국어를 하나 선택해 공부해 보라든지. 하루하루 정신없이 겨우 버티며 살아가고 있던 당시 내 입장으로는 정말 꿈같고 배부른 소리들만 잔뜩 늘어놓으셨다.

칠흑 같은 어둠 속에서 빛이 보이지 않던 우리 집의 형편도 내가 30살이 가까워질 때쯤 서서히 나아지기 시작했다. 누나와 내가 교사로 일을 시작하면서 가정에 보탬이 되기 시작했고 오래 아프셨던 아버지가 국가유공자로 선정되어 매달 국가 보조금과 병원 치료비를 지원 받으면서 힘든 상황이 조금씩 나아지기 시작했다. 앞만 보고 정신없이 달려오던 나에게도 삶의 여유가 조금씩 생기기 시작했고, 주변과 자신을 돌아볼 수 있는 시간이 점점 많아지게 되었다. 그런데 막상 기다리던 때가 왔음에도 뭘 해야 할지 몰랐다. 내가 무엇을 좋아하는지 무얼 원하는지도 알지 못한 채 아까운 시간만 허비하며 보냈다.

이런 나와 달리 어머니는 기다렸다는 듯 자신이 원하던 바를 하나둘씩 이뤄 가고 계셨다. 우리 집을 오래전 나에게 보여 주었던 잡지책 속 그 모습으로 점차 바꾸어 가고 있었다. 또 전통춤을 배우고 공연을 준비하며 바쁜 나날을 보내고 있고, 집 앞 커피가게 사장님께 핸드 드립을 배워 향긋한 커피와 함께 자신만의 여유를 즐기고 계신다. 얼마 전부터는 재봉틀을 구입하여 때때마다 손녀의 저고리며 바지 따위를 만드시고, 찾아뵐 때마다 딸아이에게 입혀 보고 고치시는 재미에 푹 빠져 지내신다.

몇 해 전 아버지가 돌아가신 후 홀로 적적하거나 외롭지 않으시냐고 어머니께 물었더니 자신은 "지금 너무 행복하다."는 말씀을 하셨다. 오랜 병간호로 그동안 하지 못하고 생각만 해 오던 것을 이제야 하나씩 이뤄 가느라 하루하루가 바쁘다고 말씀하셨다. 이런 말을 들을 때마다 난 어머니가 한없이 부러워진다. 나이가 들고 딸아이가 커 가며 시간과

금전적 여유가 있음에도 뭘 해야 할지, 내가 뭘 좋아하는지 몰라 여기 저기 기웃거리며 간만 보고 있는 지금의 내 모습과 비교되기 때문이다.

행복은 스스로 준비하고 만들어 가는 것이라는데, 그 준비를 오래전 부터 해 오신 어머니의 지혜로운 모습을 보며 '준비된 자만이 행복을 즐기고 누릴 수 있다'는 삶의 진리를 다시 한번 되새긴다. 한참 젊은 나 보다 훨씬 적극적이며 능동적으로 삶의 주인이 되어 살아가시는 어머 니를 보면서 내심 부러운 한편, 나도 딸아이에게 그런 본이 될 수 있는 멋진 부모가 되어야겠다고 다짐해 본다.

싸이월드 속 추억

내 또래들이라면 2000년대 초 선풍적인 인기를 끈 '싸이월드'를 기억할 것이다. 싸이월드는 미니홈피 서비스로 시작하여 큰 인기를 끈 토종 SNS인데, 20대 시절 그 인기는 지금의 인스타그램처럼 대단했다. 너도 나도 미니홈피를 개설 후 다양한 사진들을 업로드했고 파도를 타며(다른 미니홈피를 방문하며 돌아다니는 것) 낯선 사람들과 '일촌'이라는 새로운 인간관계를 맺었다. 그리고 용돈을 털어 도토리(싸이월드 세계의 가상화폐)를 산 뒤 그걸로 좋아하는 음악이며 미니룸 스킨이며 다양한 것들을 사모아 자신의 미니홈피를 꾸몄고, 많은 사람이 방문해 주길 기대하며 Today 숫자(당일 자신의 미니홈피에 방문한 사람 숫자)에 집착했다.

한 언론 기사에 따르면 2009년에는 이용자가 3200만 명을 돌파했다고 하니 실로 2000년대는 '싸이월드의 시대'였다 해도 과언이 아니다. 하지만 2000년대 후반 인터넷에서 스마트폰으로 모바일 환경이 변화되는 가운데 시대의 흐름에 잘 적응하지 못했고, 결국 쇠락의 길을 걷다 2019년에 서비스가 잠정 중단되었다. 그러던 2021년, 싸이월드는 새로운 SNS로 부활했고, 중단된 여러 서비스들이 다시 제공되었다.

얼마 전 친구들의 단체 채팅방에 반가운 사진들이 올라와 한동안 잠잠했던 대화가 폭발한 적이 있었다. 그 이유는 한 친구가 예전 자신의 미니홈피 사진첩에 있던 우리들의 20대 시절 사진들을 단체 채팅방에 올렸기 때문이다. 그 사진 속에는 지금과는 너무나 다른 낯선 우리들이 있었다. 젊고 생기 넘치며 날씬했던 그 시절 우리의 모습은, 배가 나오고 머리숱이 휑하며 흰머리가 듬성듬성 보이는 지금의 모습과는 너무도 달랐기에 마냥 신기하기만 했다. 다들 잠깐 동안 각자 하던 일을 멈추고 자신의 리즈 시절을 보며 옛 추억에 잠겼고, 그 모습을 신기해하며 한창 대화의 꽃을 피웠다.

하지만 그것도 잠시, 채팅방에는 사진첩을 복원을 할 것이냐 말 것이냐를 두고 열띤 토론이 벌어졌다. 몇몇 친구들은 "옛 추억을 찾고 싶다."며 반드시 복원할 거라는 의사를 밝혔고, 나머지 친구들은 "수치스러운 흑역사를 군이 들출 필요가 없다."며 완강히 반대 의사를 밝혔다.

난 열띤 토론을 지켜보면서 잠시 고민했지만 결국 사진첩을 복원하기로 했다. 돈 드는 것도 아니고 왠지 재미있을 것 같았기에 급히 앱을 깔고 복원을 시도했다. 며칠의 시간이 필요하다는 관리자의 안내 문구를 보고 이제나저제나 복구될까 노심초사해하며 한동안 애꿎은 핸드폰만 매만졌다. 2주가량이 지난 어느 날, 앱을 무심코 열었을 때 마침 복원 완료되어 있었다. 난 떨리는 마음으로 추억의 사진첩을 열어 보왔다. 덕분에 난 잠시나마 타임머신을 타고 그때 그 시절로 돌아갈 수 있었다. 그 속에는 남들이 뭐라 해도 싱그럽고 찬란한 빛을 내던 젊은 나를 만날 수 있었다.

그런데 사진첩을 넘길수록 기쁘고 설레는 마음보다는 민망함과 부끄러운 마음들이 커져만 갔다. 그 시절의 치기 어린 생각들과 왜곡되고 편협한 사고들, 미숙하고 미련했던 모습들은 손발을 오그라들게 만들었고 연애도 학업도, 취업도 맘대로 되지 않았던 그때의 부정적인 감정들과 삶의 고통에 몸부림치던 기억이 다시 살아나는 것 같아 보는 내내 괴롭기만 했다.

또한 그 시절 영원하자 약속하고 많은 이야기들을 밤새도록 나누었던 정든 친구들과 동료들 상당수가 지금 내 곁에서 멀어지거나 완전히 떠나 버렸음에 슬프기만 했다. 한동안 까맣게 잊고 지냈던 인간관계 속 아픈 상처들이 하나둘씩 되살아나기 시작했다. '인간은 망각의 동물'이라더니, 그 말이 딱 맞다 싶다.

오랜 시간을 기다려 힘들게 복원한 싸이월드 앱을, 난 한 시간도 채 되지 않아 핸드폰에서 삭제해 버렸다. 대신 먼 훗날, 지금을 되돌아봤을 때 행복하고 아름다운 기억들만 떠오르도록 주어진 하루하루를 최선을 다해 살아가야겠다고 마음먹었다. 추억은 추억으로 남겼어야 했는데 괜한 호기심으로 어리석게 판도라의 상자를 연 것만 같아 찝찝한 기분이 드는 하루였다.

이젠 친구 관계도 노력이 필요해!

나에겐 오랜 세월 함께 어울리며 20년 넘게 관계를 이어 오고 있는 친구들이 있다. 이들은 내 10대 후반부터 20대 시절을 설명할 때 절대 빼놓을 수 없는 주요 챕터 중 하나이자 많은 경험들을 함께해 주고 삶을 풍성하게 만들어 준 고마운 존재들이다. '이 친구들이 아니었다면.' 하는 생각이 들 정도로 힘들던 시절 날 웃게 해 주고 견디게 해 준 든든한 버팀목 같은 존재들이다. 돌이켜 보면 내 기억 수많은 장면들 속에 그들이 주요 배역으로 자리 잡고 있으며, 이들과 부대끼며 살아오면서 모나고 부족한 나라는 인간이 그나마 둥글게 다듬어져 왔음을 느낀다.

멀리 살고 일이 바쁘다는 핑계만 줄곧 대다가 오랜만에 친구들과 약속을 잡았다. 친구들 역시 멀리서 오는 나를 위해 바쁜 가운데도 시간을 내주어 간만에 떠들썩한 자리가 만들어졌다. 오랜만의 만남이라 그런지 간만에 깊이 있는 대화가 이루어졌고, 대화가 무르익을수록 직장이나 사회생활 속에서 만난 사람들이 절대 주지 못할 편안함과 자유로움을 느낄 수 있었다.

어느덧 시간이 많이 흘러 대화는 가볍고 흥미 위주의 이야기들보단 삶의 어려움과 깊은 고민들을 토로하는 일이 잦아지게 되었다. 이런 분위기에서 난 최근 겪고 있는 고민들과 여러 생각들을 솔직하게 털어 놓았다. 그러면서 "요즘의 난 교사보단 직장인 같다는 생각이 많이 들어. 이럴 거면 회사에나 들어갈 걸 그랬어."라고 푸념했다. 평소 가벼운 주제의 이야기나 농담들만 주로 하던 내가 '갑자기 이런 진지한 말들을 왜 했을까?' 아마도 최근 학교생활과 인간관계에 많이 지쳐 있었고 말 못 할 고민들이 점점 많아져 힘들어하던 때라, 오랜 친구들에게 무조건적인 위로와 지지를 받고 싶었던 것 같다.

그런데 이런 내 기대와 달리 몇몇 친구들의 반응은 다소 냉담했다. 몇몇 친구들은 나에게 배부른 소리한다며 "넌 회사생활 못 할 스타일이니 지금에 감사하면서 살아라."는 냉정하고 건조한 대답이 돌아왔다. 내편에 서서 격려해 주고 무한한 응원을 해 줄 거라 생각했는데 이런 대답이 돌아오니 무척이나 섭섭했다. 그 이후 대화를 이어 가면 갈수록 맘속의 응어리들이 풀리기는커녕 더욱 쌓여만 갔다. 결국 마지막에 운 없게도 역린(逆鱗)을 건드린 눈치 부족한 친구와 말다툼 후 난 자리를 박차고 일어나 버렸다. 주변의 만류와 제지를 다 뿌리치고 그곳을 떠나 버렸다.

밤늦게 집에 돌아와 씻고 누웠지만 평소와 달리 쉬이 잠이 오지 않았다. 처음에는 냉담한 친구들의 반응에 화가 나고 분이 사그라지지 않아 괴로웠다. 하지만 시간이 지나고 내가 한 말을 반복해 곱씹어 볼수록 요즘 친구들의 삶과 직장안의 현실을 잘 알지도 못하면서 '그들의 삶을 쉬이 여기고 섣불리 판단한 게 아니었나?' 하는 생각이 들었다.

또한 '내 상황과 처지를 제대로 설명하지 않은 상태에서 덮어놓고 무한한 이해만을 바랐던 게 아닌가?' '그동안 나는 다른 친구들의 힘든 상황과 삶의 고민에 대해 진지하게 고민해 주고 경청했었는가?' '진심 어린 조언과 따뜻한 위로를 전한 적이 있는가?'라는 마음이 들었다. 이런 생각들이 점점 머릿속에 가득해지자 곧 내 행동에 대한 후회가 밀려들었고, 결국 새벽녘 카톡 단체방에 장문의 사과의 글을 남기며 늦게나마 친구들에게 용서를 구했다.

나이가 먹어 갈수록 세상 속 힘든 고민들이 많아지며 맘먹은 대로 인생이 흘러가지 않아 괴로운 게 나뿐이 아닌데 나만 힘들다 여겼던, 내 감정과 상황에 대해서만 관심을 가졌던 그때의 내 모습이 지금까지 내내 마음의 빚으로 남는다. 사실 생각해 보면 어린 시절 이 친구들 앞에서 부린 진상 짓들과 더한 실수들이 셀 수 없이 많은데, 찌질한 연애사와 각종 사건 사고, 숨기고 싶은 과거사도 모르는 게 하나 없는데, 유독 그날의 내 모습이 지금까지도 부끄럽게만 느껴진다.

그리고 앞으로는 내가 원하는 답만 기다리기보단 달라진 현실을 인정하고 이해와 배려를 구하며, '먼저 그들의 말에 공감과 위로를, 격려와 응원을 해 주어야겠다.' 다짐해 본다. 나이가 들어갈수록 친한 친구 사이도 노력이 필요함을 절실히 느낀다.

집필(執筆) 여행

　작가들 중 상당수는 집필 여행을 떠난다. 이는 일상에서 벗어나 글쓰기에 오롯이 집중할 수 있고 낯선 공간에서 새로운 자극과 영감을 얻을 수 있기 때문이다. 집필 여행지로는 글의 배경과 모티브가 되는 어딘가로 떠나기도 하고, 또 다른 일부는 현실의 삶과 동떨어진 호텔이나 경치 좋고 인적이 드문 산골 어딘가에 장기간 세를 얻어 생활하며 글을 쓰기도 한다. 기간 역시 글의 방향과 테마를 잡기 위해 며칠이나 몇 주 정도 가는 사람도 있고, 몇몇은 시작부터 글을 탈고할 때까지 몇 달 혹은 몇 년을 그곳에서 보내는 경우도 있다고 한다.

　나 역시 오랫동안 집필 여행을 꿈꿔 왔다. 이전부터 본격적으로 글을 쓰게 되는 시점이 되면 반드시 '짧게나마 집필 여행을 다녀오리라.' 마음먹었다. 그 이유를 생각해 보면 크게 두 가지인데, 먼저 글을 쓴다는 것이 내 생각보다 훨씬 어려웠기 때문이다. 처음에는 삶의 경험을 바탕으로 몇몇 글이 쉬이 쓰였기에 별거 아니라 여겼었다. 하지만 시간이 갈수록 점차 소재는 고갈되어 갔고, 어느 순간 '의미 없고 매너리즘에 빠진 뻔한 글들만 끄적거리고 있다.'는 게 느껴졌다. 그렇기에 내게도 새로운 자극을 주는 미지의 공간이 필요했다.

또 다른 이유로는 '집필 여행'이라는 단어가 주는 멋 때문이었다. 꼴에 글 쓴답시고 유명 작가들이 하는 짓은 다 따라하고 싶었던 것 같다. '김칫국 먹고 수염 쓴다'더니 딱 그 짝이다. 하지만 어떠랴? '집필 여행', 너무 멋있고 근사하지 않은가? 창작을 위해 따뜻한 보금자리를 두고 낯선 곳으로 여행을 떠나는 고독한 남자의 모습 말이다. 허영심 많고 있어 뵈는 걸 좋아하는 난 결코 이를 놓치고 싶지 않았다.

겨울방학 기간 중 날을 잡아 집필 여행을 떠나겠다고 통보했을 때 와이프의 반응은 황당함 플러스 분노였다. 이상한 글 쓴답시고 애도 잘 안 돌보고 집안일도 등한시하던 사람이, 설상가상 혼자 멀리 집필 여행을 떠난다고 하니 어처구니가 없는가 보다. (나 역시 말한 뒤 민망하고 참 염치없다 싶긴 했다.) 한동안 멍하니 그리고 한심한 표정으로 날 바라봤다. 그리고 곧이어 폭풍 잔소리가 쏟아져 나왔다. "뭘 할 거면 조용히 좀 할 것이지, 꼭 그렇게 티를 내야 속이 시원해?" "애는 그럼 누가 봐? 또 나만 봐?" 등등 쉴 새 없이 거친 말들이 돌아왔다.

그렇지만 하고자 마음먹은 것을 쉽게 포기하는 스타일이 아닌지라 몇날 며칠 집요한 설득에 들어갔다. 어린 와이프에게 애교도 부려 보고, 우울하다며 방바닥을 뒹굴 거리며 진상 짓도 하고, 그동안은 시켜도 거들떠보지 않던 설거지, 빨래도 미리 해 두며 마음을 돌리려 애썼다. 이렇게 한참을 어르고 달래서 결국 1박 2일의 집필 여행을 허락받았다. (잔소리가 많아도 와이프는 내가 하는 모든 일들을 결국은 지지

하고 응원해 준다. 항상 고마워 여보!)

    내가 집필 여행을 간 곳은 영덕 고래불해수욕장 인근이었다. 맘 같아선 외국으로 장기간 떠나고 싶었지만 부부사이가 진짜 어색해질까 봐 현실과 타협했다. 예약한 숙소에 도착한 후 바다가 잘 보이는 창가에 앉아 본격적으로 글을 쓰려 했다. 그런데 뜻처럼 쉽게 글감이 떠오르지 않았다. 제대로 된 문장 하나도 써내지 못하자 숙소를 나와 겨울철 한적한 백사장에 앉아 여러 생각을 떠올려 보았다. 그래도 여의치 않자 이번에는 해변가를 하염없이 걸으며 추억들을 쥐어짰지만 마땅한 게 없었다. 일상에서 벗어나면 아이디어가 샘솟고, 좋은 글이 술술 써질 거라 생각했는데, 막상 와 보니 춥고, 외롭고, 궁상맞기만 했다. 밖에 더 있다간 얼어 죽겠다 싶어 숙소로 되돌아왔다. 잠시 휴식 삼아 TV를 보며 몸만 녹이려했는데 깊이 잠이 들어 버렸다. (정말 간만에 꿀잠을 잤다.)

    다음 날 이른 새벽에 깬 뒤, 이래서는 안 되겠다 싶어 새벽 일출을 보기 위해 부랴부랴 겉옷을 챙겨 숙소를 나섰다. 한참을 떨며 기다린 끝에 장엄한 일출을 만났고 잠시 낭만과 감상에 젖었지만, 그것도 잠시뿐 머릿속에 아무것도 떠오르지 않았다. 이후 돌아와 겨우 몇 줄 끄적거리다 체크아웃 시간에 떠밀려 숙소를 나왔고 그토록 고대하던 나의 집필 여행은 이렇게 허무하게 마무리되었다.

    집필 여행을 마치고 집에 돌아온 나에게 와이프는 "그래. 얼마나 대단한 글을 쓰고 왔는지 한번 보자."며 비아냥댔다. 난 몇 줄 쓰다 만 글을 보여 주며 해맑게 웃었다. (참고로 집필 여행에서 쓴 글이 '여행을 통해 느낀 깨달음 1편'이다.) 그리고는 농담처럼 이렇게 말했다. "전업 작가는 글러먹은 거 같아. 그냥 교사생활 열심히 할게." 그러자 와이프는 어이없다는 표정을 짓고서는 돌아서며 이렇게 말했다. "그래. 그거라도 느끼고 왔으면 됐어. 아무 의미 없진 않았네. 주제 파악은 했으니 말이야."

Chapter 2

"교사로서 살아간다는 건"

어렸을 때 '세상에서 가장 욕을 많이 먹는 직업 세 가지'라는 농담을 들은 적이 있습니다. 그 직업들을 다 밝힐 순 없지만, 분명한 건 그중 하나가 제 직업인 교사라는 것입니다.

여러분들은 '교사'라는 직업에 대해서 어떤 인식을 갖고 계신가요? 혹시 농담처럼 부정적인 인식을 갖고 있지는 않으신가요? 이 글을 통해 교사로 살아가고 있는 한 인간의 삶과 고뇌를 조금이나마 엿보는 계기가 되길 바랍니다. 같은 직업에 종사하는 분들께는 공감의 시간이, 아닌 분들에게는 누구나 갖고 있을 조직 속 인간관계에 대한 고민을 함께 나누는 시간이 되길 희망합니다.

세대 차이(世代差異)

어릴 적 난 '세대 차이'란 말을 기성세대와 구분 짓기 위해 사용했었다. '그들과 난 다르다.'는 것을 드러내고 젊은 세대에 속하는 스스로를 특권화하기 위해 즐겨 쓰곤 했다. 그런데 어느덧 시간이 흘러 나 역시 40대 기성세대가 되고 보니 이제는 내가 오히려 '세대 차이'란 말로 구분되어져 감을 느낀다. 야속함이 느껴지는 동시에 세월이 주는 준엄한 교훈에 겸손함이 저절로 생겨난다. '젊은 날엔 젊음을 모르고'란 노래 가사처럼 남의 일로만 여겨졌던 세대 차이가 이젠 나에게 뼈아프게 다가온다.

현재 다양한 삶의 자리에서 살아가고 있지만 그중 세대 차이를 가장 많이 느끼고 체감하는 곳은 일터인 학교다. 이곳은 다들 알다시피 매년 일정 수의 학생들이 졸업하며 떠나가기도 하지만 끊임없이 새로운 학생들이 충원되는 곳이기도 하다. 이런 곳에서 생활하다 보니 모든 것이 바뀌어 가는데 '나만 그대로인 것 같다'는 생각이 자꾸 든다. (내가 근무하는 곳이 사립학교라 학교 이동도 없다 보니 더 크게 느껴지는 것일지도 모르겠다.) 해가 거듭되어 갈수록 그들과의 세대 차이가 점점 더 크게만 느껴진다.

　처음 학교에 온 2009년의 나는 젊고 매력 있는 교사 중 하나였다. 당시 내가 맡은 업무가 학생부 생활지도 업무라 매일 교문 앞에 서서 두발, 복장 단속을 하며 잔소리를 쉬지 않고 쏟아 냈고 때론 얼차려도 종종 주었음에도 학생들은 나를 많이 따랐고 제법 인기가 좋았다. 무슨 말과 행동을 하든 아이들은 호감 어린 눈빛으로 날 바라봤고 모든 말들을 경청했다. 내 행동과 말투 하나하나에 지대한 관심을 가졌고 내가 뭘 입든 뭘 하든 일거수일투족이 그날 학생들의 단골 대화 소재로 끊임없이 오르내렸다.

　그러나 10여 년이 지난 지금, 학생들은 나에게 아무런 관심을 주지 않는다. 무슨 말을 하든, 뭘 입고 다니든, 어떤 행동을 하든 그들에게 난 있으되 없는 존재나 마찬가지다. 예전처럼 잔소리를 많이 하거나 크게 혼을 내지 않음에도 불구하고 무슨 이야기라도 할라치면 인상이 굳어지고 잔뜩 경계하는 태도로 날 바라본다. 인기 있던 배우나 가수들이 '인기가 떨어지고 대중의 관심에서 벗어나면 아마 이런 기분이겠지?' 하며 괜한 동질감이 느껴진다.

　이는 수업을 할 때도 마찬가지다. 예전에는 사소한 노력으로 그들과 쉽게 공감대를 형성할 수 있었는데 이젠 그들을 이해시키고 설득하기가 점점 힘들어진다. 내가 떠올릴 수 있는 아무리 좋은 경험과 예시를 꺼내 봐도 그들에겐 낯설고 생소할 뿐이다. 애국심에 젖어 〈손에 손 잡고〉노래를 따라 불렀던 88 서울올림픽을 그들은 교과서를 통해 처음 알았다. 'Be the Reds'가 새겨진 붉은 티셔츠를 입고 거리로 뛰쳐나와 손뼉을 치며 '대~한민국!'을 부르짖던 2002년 한일 월드컵도 어딘가에서 전설처럼 전해 들었을 뿐이다. 내가 20대 시절 너무 좋아하던 TV 프로그램〈무한도전〉은 유튜브의 짧은 영상들로만 기억할 뿐이고 김연아, 박지성과 같은 스포츠 스타들도 그들에겐 동시대인들이기보단 서점에 꽂혀 있는 위인전 속 인물일 뿐이다.

이런 아이들과 감정을 나누고 소통해야 하기에 수업은 점점 더 벅차고 준비 시간과 설명들도 길어진다. 점점 교실 속에서 나만 소외되고 외톨이가 되어 간다. 어렵게 용기 내어 건넨 말들은 이내 싸늘한 냉담으로 되돌아온다.

이렇게 요즘 세대 차이를 온몸으로 느끼고 있자니 예전 선생님 한 분이 문득 떠오른다. 고3 시절, 등교 시간인 아침 7시부터 야자가 끝나는 저녁 10시까지 학교의 지박령으로 살아가던 우리는, 그나마 덜 무서운 선생님이 들어오실 때면 이내 장난을 걸거나 책상에 몰래 엎드려 부족한 잠을 청하기 일쑤였다.

그중 영어 선생님으로 기억한다. 그 선생님께서는 우리를 깨우고 수업에 집중시키기 위해 손수 농담을 준비해 오셨다. 얼마가지 않아 그것조차 약발이 떨어졌다 느끼셨는지 어느 날은 당시 유행하던 시트콤〈순풍산부인과〉에 대한 이야기를 꺼내셨다. 당시 우리가 하루 종일 학교에 매여 TV도 거의 못 보던 신세였으니 선생님께선 당시 인기 있던 시트콤의 줄거리를 알려주는 것으로 우리의 환심을 사고자 하셨던 것 같다.

영어 선생님께서는 우리들이 수업에 집중 못 하고 지루해한다 싶으면 "어제 순풍산부인과 이야기해 줄까?" 하고 운을 띄우셨다. 사실 우리 반 학생 대부분은 그 시트콤에 관심이 없었다. 그렇지만 관심 있는 척을 해야 지루한 수업을 잠시 멈추고 떠들 수 있었기에 선생님께 거짓으로 "궁금해요. 알려 주세요." "선생님 제발요."라며 보챘다. 그러면 선생님은 못 이긴 척 슬며시 웃으시곤 마치 큰 시혜라도 베푸는 것처럼 "어제는 미달이가 말이야." "영규가 말이야." 하며 전날 방송의 줄거리를 나름 재미있게 요약해 전해 주셨다. 그러면 우리들은 미리 짠대로 박장대소했고, 선생님께 연신 엄지를 치켜세웠다. 선생님은 그런 우리의 모습을 보시며 뿌듯해하셨고 학생들이 어느 정도 잠이 깼다 생각 드시면 이내 수업을 이어 가셨다.

그때는 그 선생님이 너무 우스꽝스러웠고 바보 같아 보였는데, 지금 돌이켜 보니 세대 차이가 나는 제자들과 어떻게든 공감대를 형성하고자 애쓰시고 삭막한 학교생활 속에서 학생들에게 작은 웃음이라도 주기 위한 노력이라고 느껴지니 존경스럽기 그지없다. 그분의 마음 씀씀이에 가슴이 먹먹해지는 한편 그때의 선생님과 동병상련을 느낀다.

어쩌고 보면 세대 차이는 교사란 직업을 가진 내가 반드시 겪어야 할 숙명과도 같다. 앞으로 교직생활을 해 나갈수록 세대 차이는 더해져 갈 것이기에 이에 대한 고민도 더 깊어지기만 한다. 예전에는 가만히 있어도 학생들이 먼저 다가오게 만들고 관심을 불러일으킬 수 있었다. 그러나 이젠 내가 먼저 다가가야 그들과 호흡하고 소통할 수 있다. 내 전부를 훤히 꺼내어 보여 줘야 그들의 마음속 일부라도 겨우 들여다볼 수 있다. 매번 밑지는 장사라 속이 상하기도 하지만 이것이 냉엄한 현실이기에 어쩔 도리가 없다.

이제 난 그 시절 우리들을 위해 기꺼이 어설픈 농담을 던지며 스스로 웃음거리가 되셨던 그분의 수고와 노력을 본받고자 한다. 그렇기에 난 늦은 밤, 잠이 쏟아지는 가운데 졸린 눈을 비벼 가며 TV 앞에 앉아 〈Show me the money〉(m.net에서 방영하는 랩 서바이벌 프로그램)를 보고 있다. 그리고 다음 날 초점 없는 눈으로 날 바라보는 학생들에게 어젯밤 준비한 말 몇 가지를 슬쩍 꺼내어 본다. "애들아, 어제 *조광일 〈곡예사〉 들어 봤어?, 진짜 장난 아니던데?" 슬쩍 꺼낸 이야기에 수업 내내 꾸벅꾸벅 졸고 있는 몇몇 아이들의 눈이 점차 또렷해지며 생기가 도는 것이 느껴진다.

---

* 조광일: 〈Show me the money 10〉 우승자로 속사포 랩이 장기다. 〈곡예사〉는 래퍼 조광일의 대표
곡이며 2020년 한국 힙합 최대의 화두가 된 곡 중 하나이다.

진심인 사람이 바라보는 진심 아닌 사람

작년 여름방학 때였다. 할 일 없이 빈둥대고 있을 때 친구가 재밌게 봤다며 배구를 주제로 한 일본 애니메이션 〈하이큐〉를 추천해 줬다. 우리나라에선 이미 몇 년 전 인기를 끌었다는데 유행에 둔감한 난 전혀 몰랐었다. 일단 배구를 하며 성장해가는 주인공 '히나타'의 스토리가 재미있었고, 종종 생각해 볼 거리를 던져 주었기에 하루에 몇 편씩 몰아 보며 당시 이 애니메이션에 푹 빠졌던 것 같다.

몇 번째 시즌, 몇 화였는지 정확히 기억나지 않지만 극 중 한 인물의 대사가 내 마음을 사로잡았다. "진심인 사람들 사이에서 진심이 아니게 행동하는 것만큼 실례되는 것이 없다." 이 대사가 내 맘 깊이 파고든 건 최근 직장생활과 인간관계 속에서 자주 느끼는 감정이기 때문이리라. 요즘 난 무슨 일이든 진심인 사람들이 참으로 귀하다는 생각을 자주 한다. 마치 1급수에만 사는 버들치처럼. 그리고 과거 진심인 사람들 앞에서의 나의 창피하고 부끄러웠던 행동들이 문득 떠올랐다.

때는 2010년 여름, 방과후 수업 때문에 방학임에도 상주에 머무를 때였다. 오전에 수업이 마치면 이후 할 일이 마땅히 없었다. 당시 내 자취방은 샌드위치 판넬로 지어진 옥탑방이라 여름철 한낮에는 방 안 온도가 바깥보다 더 높았다. 에어컨도 없는 집에 가 봐야 더위에 지쳐 속옷차림으로 방바닥에 들러붙어 장판과 함께 녹고 있을 게 뻔했다. 그렇기에 방과후 수업이 마쳐도 집에 갈 생각이 없었다. 대신 에어컨이 빵빵 나오는 학교에서 밀린 영화도 보고 인터넷 서핑도 하면서 밤이 오기만을 기다렸다.

  마침 친한 동기와 선배 교사 몇몇도 자주 학교에 오던 터라 마음이 맞을 때면 우린 운동 삼아 강당에서 배드민턴을 쳤다. 실력 있는 선배에게 레슨도 받고 저녁식사 내기도 하며 나름 재미를 붙여 가고 있었다. 그러던 어느 날 선배는 ○○대학교에서 주최하는 교직원 배드민턴 대회에 나가 보자는 제안을 했다. 나와 동기는 손사래를 쳤다. 그러자 선배는 다른 말로 우릴 꾀었다. "실력에 상관없이 누구나 참가할 수 있고, 더 중요한 건 출전만 하면 각종 기념품과 함께 뷔페도 준다더라." 가만히 듣고 보니 나쁘지 않은 제안이었다. 대회에 나가 실전경기를 뛰면 재미있을 것 같기도 했고, 솔직히 그보다는 떡밥에 더 관심이 갔다. 게다가 딱히 할 일도 없지 않은가? 결국 우린 그 제안을 받아들였고 동기와 나는 팀을 이뤄 참가지원서를 작성했다. 우린 스스로를 '환상의 복식조'라 불렀다.

  교직원 배드민턴 대회가 열리는 날 우리 '환상의 복식조'는 생각보다

뜨거운 대회 열기에 놀라고 말았다. 참가팀만 해도 50여 팀이 넘었고 참가 선수와 응원 온 사람들로 체육관은 만원이었다. 지나가는 곳곳마다 팀별로 알록달록 배드민턴 옷을 맞춰 입고 이미 실전과 같은 연습하는 사람들, 대진표를 보고 작전을 세우는 사람들, 강팀을 만나 절망하는 사람들, 트로피를 만지작거리며 장밋빛 미래를 그리는 사람들 등 각자 자기만의 방법으로 대회의 개막을 기다리고 있었다.

이들을 보자니 내 행색이 초라해졌다. 배드민턴복이 아닌 축구 유니폼을 입고 있었고 배드민턴화도 없어 일반 운동화를 신고 있었다. (지금 돌이켜 보면 이것만큼 비매너가 없다 싶다.) 그나마 멀쩡한 라켓 역시 흥미를 잃은 지인에게 공짜로 얻은 것이었다. 이렇듯 난 배드민턴에 진심이 아니었다. 그러기에 살짝 위축되었을 뿐 부끄럽다 생각지도 않았다.

대회가 시작되었고 우리 '환상의 복식'조도 드디어 첫 경기를 갖게 되었다. 상대는 딱 봐도 상당한 구력과 내공이 있어 보이는 팀이었다. 게임이 시작된 후의 모습은 안 봐도 비디오다. 우린 실수를 연발하며 연신 점수를 내줬고, 나의 근본 없는 스텝과 마구잡이로 휘두르는 스매싱에 구경하던 관객 사이에서 비웃음이 새어 나왔다. 대회 최단 시간 경기 중 하나였으며, 최종 스코어는 21-8 정도였던 것 같다. (자기 기억은 미화된다는데 실제는 그 점수 이하였을 수도 있다.)

경기가 끝나자 우리는 땀에 흠뻑 젖은 상태로 상대에게 인사하기 위해 네트로 다가갔다. 악수를 청하고 "굿 게임."을 외치며 그들의 얼굴을 보았는데 승리했음에도 전혀 기뻐하지 않았다. 그 모습이 못난 내 자존심을 긁었다. "이겼으면 좋아하기라도 하지, 거만하게 뭐야? 상대에 대한 예의가 전혀 없어." 난 짐을 챙기는 내내 분통을 터트렸다. 더이상 그곳에 머물고 싶지 않았다. 다른 경기들도 구경하고 가자는 동기의 만류에도 불구하고 이미 마음이 상해 버린 난 서둘러 대회장을 빠져나왔다.

그런데 지금 와 돌이켜 보니 예의가 없었던 건 그들이 아니라 바로 나였다. 그들은 배드민턴에 진심이었다. 이 대회를 바라보며 수개월 팀플레이를 맞춰 가며 실력을 쌓았을 것이고, 상대를 대비해 다양한 전략들을 짰을 것이다. 그리고 그동안 쌓은 기량을 맘껏 펼칠 수 있다는 생각에 밤잠을 설쳤을 것이다.

꿈에 그리던 대회 날 첫 경기, 설레는 마음으로 코트에 나왔더니 상대는 복장도 엉망이고 시시껄렁한 자세에 진지함도 찾아볼 수 없다. 얼마나 화가 났을까? 더 좋은 상대를 만났다면 이기든 지든 좋은 경기를 통해 성장하는 시간이 되었을 텐데, 자칭 '환상의 복식조'를 만나 그들은 아까운 시간만 허비했고 엉망인 실력 때문에 오히려 경기 감각만 떨어졌을 것이다. (무슨 종목이든 실력이 떨어지는 사람과 경기를 해 본 사람이라면 공감할 것이다.) 그러니 이겨도 즐겁지 않았을 것이고 악수를 하면서도 시큰둥했을 것이다. 진심인 사람에게 진심이 아닌 사람은 분명 그렇게 보였을 것이다.

40대가 된 난 지금 학교에서 부장교사로 나름 중추적 역할을 맡고 있다. 맡은 부서 업무상 다양한 교사들과 일할 기회가 많다. 그런데 일을 하다 보면 자신이 맡은 업무에 진심이 아니게 행동하는 사람들을 너무나 많이 만나게 된다. 프로로서 자존심 없고 모든 일에 진심이 아닌 그들을 볼 때마다 실망만 쌓여 가고 종종 직장생활에 회의감이 몰려든다. 이럴 때마다 난 10여 년 전 배드민턴 대회에서 만난 그들의 모습이 떠오른다. 그리고 그때의 그들처럼 시큰둥한 얼굴과 건조한 말투로 업무를 전달한다.

쓸데없는 경험은 없다

"경험을 하는 것보다 더 중요한 것은
그 경험을 통해 '무엇을, 어떻게 느꼈는가?'이다."

인터넷에서 우연히 본 것이라 누구의 말인지는 잘 모르겠지만 너무도 공감 가는 말이다. 나 역시 그랬다. 수많은 경험들이 현재의 나를 있게 했고 교직생활을 가능하게 했다. 또한 나를 성장할 수 있게 했고 그럭저럭 나쁘지 않은 삶을 살아가게 했다. 이제부터 지금의 나를 만들어 준 소중한 경험들과 그 속에서 느끼고 깨달은 몇 가지들을 이 글을 읽는 여러분과 나누고자 한다.

1.

난 어렸을 적 집안 사정이 좋지 않았다. 더 구체적으로는 경제 상황이 좋지 않았다. 그렇기에 학창 시절 내내 어렵게 학교생활을 이어 갔었다. 이런 상황이 이 절대 내 탓이 아니란 걸 알고 있었지만, 다른 사람들 앞에서 자신감 없이 자꾸 위축되고 작아지는 건 어찌할 수가 없었다.

고등학교 2학년 때였다. 당시 우리 집 형편은 어려운 가운데서도 바닥을 치던 시기였다. (그래도 다행인 건 이때가 1998년, IMF가 한창이던 때라 다들 힘든 시기였다. 돌이켜 보면 그들에게 미안하지만 그게 당시 나에겐 큰 위안이었고 좋은 변명거리였다.) 20여만 원밖에 안 되는 수업료조차 제때 내지 못하는 형편이었다. (더욱이 지난 분기의 것도 여전히 밀려있었다.) 그 정도 눈치는 있을 나이라 그런 상황들이 큰 충격으로 다가왔고 내가 처한 현실이 서럽게만 느껴졌다.

그러던 어느 날 쉬는 시간으로 기억한다. 교내 방송에서 난 여러 명과 함께 호명되었다. 공부를 잘하는 편도, 특별한 재주가 있어서 상을 자주 받던 학생도 아니었으니 이유는 뻔했다. "이상 ○○명의 학생들은 공과금가 미납 건으로 안내사항이 있으니 지금 행정실로 와 주시기 바랍니다." 가난하고 부모의 경제 능력이 부족하단 이유로 행정실에 모인 몇몇은 부끄러움과 민망함에 얼굴이 붉어졌다. 사실 그곳에서 누구도 우리에게 화를 내거나 다그치지 않았다. 오히려 상냥하게 미납된 금액을 알려 주며 부모님께 "조속한 납부를 부탁드린다." 전해 달라는 행정실직원의 애원만 들었다. 그럼에도 모두는 죄인이 된 듯 고개를 들 수 없었다. 교실로 돌아온 후 친구들은 나에게 아무것도 묻지 않았지만 난 뭔가 착오가 있었다며 애써 변명을 늘어놨다.

그런데 아이러니하게도 20여 년 전 수업료를 내지 못해 학교를 그만

둘까도 생각했던, 차라리 직업훈련 반에 가서 '빨리 돈이나 벌까?' 고민했던 그때의 고등학생은 이제 그토록 꼴 보기 싫고, 유일하게 남은 자존심마저 처참히 무너뜨렸던 학교라는 곳을 평생직장으로 여기고 가족의 밥값을 벌어 가며 살아가고 있다.

내가 그때 학교를 그만두거나 직업훈련 학교로 가지 않고 지금의 자리에 있을 수 있었던 건 당시 담임 선생님의 배려와 도움 덕분이다. 그분은 무섭고 무뚝뚝했으며 성격이 불같으셨지만 담임으로서 책임감이 강하셨고, 투박한 겉과 달리 속은 누구보다도 따뜻한 분이셨다. 공부도 그다지 잘하지 않던 내게 장학금이라며 밀린 수업료만큼의 돈을 선뜻 내어주시며 "넌 걱정 말고 공부나 해라."고 말씀해 주셨던 그분이 있었기에 난 무사히 학교를 졸업할 수 있었고 지금의 자리에 있을 수 있게 되었다.

나도 학교생활 동안 담임을 줄곧 하다 보니 예전 나와 닮은 학생들을 종종 마주하게 된다. 그들을 볼 때마다 "자신감 있게, 당당하게, 어깨 펴!"라고 늘 말하지만 그 녀석들 역시 그때의 나처럼 말이 없고 의기소침하기만 하다. 이런 건 강요한다고 되지 않는다는 걸 너무나 잘 알고 있기에, 아이들에게 잔소리 대신 이따금씩 내 경험을 나눠 주곤 한다.

"선생님도 학창시절에 너처럼 집안 형편이 어려웠어. 근데 누군가의 도움으로 이 자리에 있을 수 있었고, 그 덕분에 이젠 누군가를 도와줄 수 있는 사람이 되었어. 도움을 받았다고 고마워할 필요는 없어. 이건 너무도 당연한 거고, 국가와 사회가 반드시 해야 할 일들이야. 나중에 학교를 모두 졸업하고 사회에 나가면 너도 네가 서있는 자리에서 도움이 필요한 사람들에게 먼저 손 내밀면 된단다. 절대 고마워하지 마."

내 스스로 뱉은 말이지만 너무 어른스럽고 대견하다 느껴진다. 혹시나 감동을 받지 않았을까 하며 슬쩍 곁눈으로 반 아이를 쳐다봤더니 뚱한 표정으로 시큰둥하기만 하다. '오른손이 한 일을 왼손이 모르게 하라'란 성경 구절이 이내 떠오르며 곧 후회와 부끄러움이 밀려온다.

2.

집안 형편이 좋지 않아 일 년도 채 다니지 못한 대학을 자퇴하고 군대에 다녀온 뒤 돈을 벌기 위해 호프집에서 아르바이트를 하던 때였다. 기독교 집안에서 호프집 알바라니, 당시 엄마가 알았다면 바로 등짝 스매싱 당할 일이였으나 월급이 편의점 알바 따위와는 비교할 수 없었기에 집에는 거짓말을 하고 알바를 시작했다.

한편 그 무렵 내 친구들은 군대를 전역 후 대학에 하나둘씩 복학하고 있었다. 머리카락이 짧고 아직 어색한 말투를 완전히 고치지 못한 상태였지만 그들은 점점 군대 티를 벗고 현실 세계로 빠르게 복귀하고 있었다. 난 원래 공부를 잘하지 못했고 흥미도 딱히 없었다. 그렇기에 친구들의 복학 소식이 크게 와닿지 않았다. 하지만 이들이 다시 되찾고 누리게 될, 나도 짧게나마 맛은 본 캠퍼스의 낭만만은 내심 부러워하고 있었다.

　오랜만에 친구들 얼굴도 볼 겸 대학교에 놀러갔다. 간만에 같이 학식도 먹고, 대학로에서 당구도 치고, PC방에서 게임도 실컷 했다. 군대 가기 전부터 매번 하던 레퍼토리였기에 특별할 건 없었다. 그런데 그날의 분위기는 그 전과 사뭇 달랐다. 그동안 즐겨 나누던 연예인이나 여자이야기보단 전공과 학점, 토익 등을 더 많이 언급됐다. 대화가 진행되어 갈수록 내 대화의 지분은 점점 줄어들었고 나중에는 아예 듣기만 했다. 친구들은 변해 있었고 나는 그대로였다.

　몇 시간 후 그들은 토익 수업을 들으러 가야 한다며 짐을 챙겼다. 나도 알바 하러 갈 시간이라 함께 일어섰다. 버스를 타고 가게로 출근하면서 난 묘한 감정에 사로 잡혔다. 비슷한 모습의 친구였는데 나만 다른 사람이 되어 있는 것 같아 속상했다. 친구들의 대화에 끼고 싶었고 그들과 같은 고민을 함께 나누고 싶었다. 공부하는 모습이 갑자기 부러워졌고 나도 그들처럼 다시 대학생이 되고 싶단 마음이 들기 시작했다. 그길로 한 친구에게 바로 전화해 토익수업을 함께 듣자고 제안했다. 친구는 갑작스러운 나의 제안에 의아해하기만 했다. 그런 그에게 "나도 평소 토익에 관심이 많았어."라며 궁색한 변명을 했다.

　친구의 도움으로 수강 신청을 했고 난 친구들과 함께 토익수업을 듣게 되었다. (꼴에 자존심은 있어 기초는 된다며 뻥치고 친구들이 있는 중급반에 갔다.) 매일 오후 2시~3시까지 진행되는 수업이었다. 그동안 나에게 이 시간은 야간 근무를 마친 후 한창 꿈나라를 헤매고 있을 때였다. 그럼에도 불구하고 졸린 눈을 비벼 가며 급하게 옷을 주워 입고 수업에 들어갔다. 거의 대부분 지각이었고 그나마도 잠도 덜 깬 상태로 수업에 들어간 적도 많았다. 이런 상황이니 수업이 귀에 들어올 리 만무했다. 오랜 시간 공부에 손을 놓은 터라 1시간 강의실에 앉아 있는 것조차 큰 고역이었고 처음 접해 보는 토익 수업은 감히 따라갈 수도, 도저히 이해할 수도 없었다. 대부분의 수업시간 동안 난 졸거나 하품하기를 반복했다.

함께 수업을 듣는 친구들은 도저히 이해 못 하겠다는 표정이었지만 난 그들과 공부하는 그 시간이 너무 즐거웠다. 그들 속에서 나도 별반 다르지 않는, 평범한 20대 대학생이 된 것만 같은 착각이 들게 해 주었다. 이런 황홀한 경험을 하고 있노라니 이젠 다른 것 말고 공부만 하고 싶다는 생각이 간절히 들었다. 그동안 각종 아르바이트를 전전하며 살아온 삭막한 현실을 뒤로하고, 공부란 달콤하고 나른한 환상에 젖어 살고 싶다는 열망이 생겼다. 대학생이라는 책임감과 다소 거리가 먼 특권층이 되고 싶다는 생각이 강하게 들었다.

그때부터 닥치는 대로 돈을 모았다. 그동안 먹고 노는 데 썼던 돈들을 대부분 저금했고 돈이 된다면 시간, 장소, 업무강도 등을 따지지 않고 일하며 등록금을 모아 갔다. 그리고 1년 뒤, 되돌아가지 않을 거라 생각했던 학교에 다시 복귀했다. 그때 학교에 다시 들어가면서 한 가지 다짐한 게 있었다. '이번 한 학기, 그렇게 하고 싶었던 공부 미친 듯이 해 보자. 그리고 장학금을 받으면 다음 학기도 듣고, 아니면 공부에 재주가 없는 거니 그만두고 취직이나 하자.'

결과는 다들 예상했던 대로 난 계속 학기를 이어 갔고, 괜찮은 성적을 바탕으로 친구들이 다니는 지방 국립 대학교에 편입했다. 남들 4년 하는 공부를 편입생인 내가 2년 만에 따라잡기 위해서 365일 중 거의 대부분을 새벽별을 보며 도서관으로 출근해 저녁달을 보며 퇴근했다. 우여곡절 끝에 대학 졸업 후 꿈에 그리던 교원자격증을 얻었고, 마침내 사립학교에 임용되어 지금의 자리에 있게 되었다.

학교 있다 보면 공부가 세상에서 제일 싫다는 학생들을 자주 만나게 된다. 그럴 때 난 시간이 허락되면 다소 장황한 이 스토리를 들려준다. "선생님이 여러 일들을 해 봤는데, 진짜 공부가 제일 쉽더라." 역시 아무도 공감하지 못한다. 그렇지만 나는 알고 있다. 언젠가 이 아이들도 싫기만 한 '공부'가 그립고 절실해질 때가 올 것이라는 걸. 이 지긋지긋한 공부를 언젠가 스스로 찾게 될 날이 올 것이라는 걸.

단지 그들에게 하나 바라는 게 있다면 "선생님처럼 너무 긴 방황으로 공부에서 너무 멀어지지만 말아라. 다시 돌아오는 그 과정이 너무도 힘들고 고통스럽더라."고 말해 주고 싶다. 그저 아이들이 지금 잠깐 공부를 등지고 외면하더라도 너무 멀지 않은 곳에서만 맴돌아 주길, 언제든 맘먹으면 쉽게 되돌아올 수 있는 곳까지만 가 주길 바랄 뿐이다.

훈련은 훈련일 뿐이다

'훈련을 실전처럼'이라는 말이 있다. 이는 평소에도 실전처럼 진지한 마음을 가지고 꾸준히 훈련을 하면 실제 상황이 닥쳤을 때 당황하지 않고 잘 대처할 수 있다는 말이다. 대부분은 이 말을 들으면 '열심히 해야겠다.'라든지 '매사에 진지하게.'라는 말들이 생각나겠지만 난 웃픈 군대 시절 추억이 하나 떠오른다.

때는 20대 초반, 가급적 편한 곳에서 군생활을 하고 싶다 소원했었는데 아이러니하게도 난 최전방 사단 수색대로 자대 배치를 받았다. 우리 수색대의 임무는 경기도 연천 지역 비무장지대를 관리하고 관할 GP(Guard Post, 비무장지대 내에 있는 감시초소)를 지키는 것이었다. 내가 근무한 곳은 최전방 중에서도 가장 앞선 곳으로 북한 초소까지는 대략 1km밖에 떨어지지 않았었다. 그렇기에 만약의 상황을 대비해 항상 실탄과 수류탄을 소지하고 근무를 섰다. 군생활 중 절반 넘게 이런 곳에서 근무했어야 했기에 매 순간이 두렵고 긴장될 수밖에 없었다.

GP에서 우리의 생활은 매우 단순했다. 야간이 취약 시간이었으므로 일부 근무자를 제외하고는 낮 시간에는 대부분 벙커에서 잠을 잤고, 야간에는 조를 짜서 초소 경비를 섰다. 그리고 해가 밝아 오면 적의 도발에 대비해 모의 훈련을 하고 아침식사 후 다시 침낭 속으로 들어갔다. 우리에겐 매일이 실전과 같았고, 간부들 역시 매사에 실전처럼 행동할 것을 주문했다. 이런 삶이 매일 반복되다 보니 우린 서서히 모든 행동에 자신감을 갖게 되었고, 한 달쯤 지나자 서로 눈빛만 봐도 작전과 임무를 알 수 있을 만큼 철저히 준비되어 있다 생각했었다. 아니 착각했었다.

그러던 어느 날이었다. 평소와 다름없이 야간 근무를 서고 잠자리에 들었다. 2~3시간쯤 지났을까 갑자기 고요하던 내무반 안에 요란한 사이렌 소리가 울리기 시작했다. 처음에는 오작동이라 생각했다. 수십 년 전에 지어진 낡은 벙커라 그런 사례가 종종 있기도 했고, 더욱이 실전 상황이라고는 꿈에도 생각지 못했기 때문이다. 그래서 다들 시끄러운 소리에 잠이 깨긴 했으나 상체만 겨우 일으킨 채로 서로의 얼굴만 멀뚱히 바라보고 있었다. 그러나 곧 이 사이렌 소리는 오작동이 아닌 실전 경보임을 알게 되었다.

우리가 꾸물대는 사이 상황실에 있던 소대장이 참지 못하고 막사로 뛰어내려 왔기 때문인데, 그는 문을 열자마자 입에 담기 힘든 쌍욕들을 쉴 새 없이 내뱉었다. 한참 동안 욕설을 내뱉은 뒤 그제야 본론을 꺼내었다. "현 상황은 실제상황이다. 당장 전투태세 갖추고 해당 초소로 이동하도록." 그때서야 다들 정신이 번쩍 들었고 허겁지겁 전투복

과 총을 챙겨들고 초소로 달려갔다. 나와 함께 초소에 들어온 한 고참
은 축구 유니폼 차림으로 총만 들고 서 있었으며, 또 다른 고참은 한참
뒤 슬리퍼 차림으로 헐레벌떡 뛰어왔다. 이게 말로만 듣던 전쟁이 정
말 터진 건가 하며 몸이 떨리기 시작했고 짧은 시간 동안 내 20년 인생
이 파노라마처럼 머릿속에 흘러갔다.

　나중에 알고 보니 이때의 상황은 인근 북한 초소에서 우리 측으로
기관총 수십 발 쏘자 이에 우리 측이 보복 사격으로 대응한 사건이었
다. 다음 날 아침 뉴스에 대문짝만 하게 나온 것 같았는데 휴가 나와
이 이야기를 꺼내니 주변 사람 아무도 기억하지 못했다. 심지어 평소
하루 종일 뉴스만 보셨던 아버지도 말이다.

　돌이켜 보면 웃지 못할 해프닝이었지만 이 일이 나에게 준 교훈은
분명 있다. 훈련은 절대 실전과 같지 않다는 점, 실전은 훈련처럼 정
해진 시나리오대로 흘러가지 않는다는 점, 아무리 열심히 해도 훈련
은 훈련일 뿐이라는 점이다. 오해하지 말길 바란다. 난 훈련의 무용론
을 말하려는 것이 아니다. 다만 훈련은 분명한 한계가 있으며, 반복된
훈련들로 자칫 거만해져 실전을 가벼이 여기거나 섣불리 자만하지 말
라 말하고 싶을 뿐이다. 그리고 실전 상황에서 우왕좌왕하거나 허둥지
둥 거리는 사람들을 보며 너무 비난하며 손가락질하지 말고 조금은 그
들의 어려움에 공감하자는 말이다. 누구나 실전을 겪으면 그럴 수밖에
없다. 나 역시 그랬고 누구나 그럴 것이기 때문이다.

내가 근무하는 학교에서는 매달 각종 재난대응 훈련을 하고 있다. 화재, 지진 등을 대비하는 것으로 예고된 사이렌 소리에 맞춰 학생들과 함께 정해진 장소로 신속히 대피하는 훈련이다. 매번 훈련을 할 때마다 그 중요성을 강조하고 진지하게 임할 것을 교육해도 우왕좌왕하고 허둥대며 방황하는 학생들을 어찌할 수 없다. 반복하면 할수록 문제점들과 실수들만 두드러짐을 막을 방도는 없다.

2020년 1월, COVID-19가 터졌고 교육부와 학교는 처음 겪는 상황들에 갈피를 못 잡고 갈팡질팡 했다. 학교 일선에서 학부모와 학생을 상대해야 하는 교사로서 매일 달라지는 교육부의 지침과 대응방안에 스트레스만 쌓여 갔다. 또한 짜증 섞인 민원들과 각종 불만은 오롯이 교사들의 몫이었기에 날이 갈수록 심신이 지쳐 갈 수밖에 없었다. 이 일들을 겪는 과정에서 화가 불같이 일고 자꾸 짜증이 솟구치다가도 예전의 기억을 떠올리며 다시 한번 참기로 했다. '그래, 예상 못 한 실전에는 어쩔 도리가 없지.' 하며 쓰린 마음을 다시 한번 가다듬기로 했다.

우리도 다르지 않더라

2016년 겨울, 당시 쉼 없이 일을 해 오던 터라 많이 지쳐 있었기에 잠시 여유를 가지며 재충전하고 싶다는 생각이 절실했었다. 거기다 지방 소도시의 학교에 근무하다 보니 교원 부족으로 전공과목 수업 이외에도 역사나 도덕 수업을 하는 경우(심지어 컴퓨터와 미술까지 가르친 적도 있다.)가 종종 있었는데, 이럴 거면 정식으로 자격을 취득해 학생들 앞에 당당히 서고 싶다는 생각도 있었다. 이런 저런 이유들로 교육청에서 모집하는 역사과 복수전공 연수를 신청하게 되었고, 운 좋게 대상자로 선정되었다.

하지만 선정 이후의 과정도 그리 순탄치는 않았다. 한창 일할 나이에 학교를 비운다니 학교 측에서도 부정적이었고, 개인적으로도 딸아이가 태어난 지 6개월밖에 안 되었던 때라 와이프의 극심한 반대도 있었다. 학교, 가정 모두에서 많은 욕을 먹었지만 다시 오지 않을 기회를 놓치고 싶지 않았던 난, 뜻을 굽히지 않았다. 끊임없는 논쟁과 설득 끝에 결국 둘 모두에 허락을 얻어냈고, 마침내 6개월 동안 ○○대학교에 파견을 떠나게 되었다.

2017년 3월 2일, 동료들은 새 학기 정신없는 하루를 보내고 있을 때, 나는 대학 강의실에서 나와 비슷한 처지의 사람들과 교사가 아닌 학생이라는 신분으로 낯설지만 기분 좋은 새 학기 출발을 했다. 이곳에는 저마다의 이유와 사정에 의해 모인 다양한 연령대의 교사들이 있었다. 나처럼 스스로 신청해 오는 경우는 극히 드물었고 대부분은 학교의 강압 또는 전공과목 수업이 사라지게 되어 생존을 위해 이곳에 온 사람들이었다.

이유야 어찌 되었든 오랜만에 대학 캠퍼스를 다시 밟게 되어 다들 무척 설레어 있었고, 연수가 끝나면 바로 현장에 투입되어야 했었기에 배움에 대한 열정과 의욕이 충만해 있었다. 일부 성격이 급한 사람들은 첫날부터 도서관에서 수많은 책들을 빌려 섭렵하며 학구열을 불태웠고, 또 다른 일부는 벌써 무리를 만들고 개강파티를 준비하는 등 나름의 여유를 즐기고 있었다. 방법은 달랐지만 우린 모두 들떠 있었고 다시 찾아오지 않을 이 시기를 각자만의 방법으로 온전히 누리고 돌아가겠다는 기대와 희망에 가득 차 있었다.

그러나 본격적으로 수업이 시작되면서 우리들이 꿈꾸던 캠퍼스의 낭만과 열정, 여유는 금세 사라졌고 정신없고 고통스러운 나날이 반복되는 냉엄한 현실이 찾아왔다. 그도 그럴 것이 사범대 학생들이 4년을 배워야 하는 과정을 6개월 만에 배워야 했기에 수업은 아침 9시부터 오후 6시(때론 8시)까지 쉼 없이 이어졌고, 강의 역시 차근차근 과정을 밟아 가기보다는 교수들과 학교 측의 일정에 맞춰 진행되다 보니 순서도 뒤죽박죽이었다.

현장에서 간결하고 핵심적인 내용만 전달하던 수업 방식에 익숙한 우리들은 자신의 전공만 강조하고 지엽적인 지식들을 잔뜩 늘어놓는 교수들의 강의 방식에 적응하지 못하고 겉돌기 시작했으며, 당장 현장에서 써먹을 지식을 배우고자 했던 우리의 기대와 달리 교수들은 원론적이고 학술적인 이야기만 잔뜩 늘어놓았다. 하루 강의 분량도 들쑥날쑥 도저히 가늠할 수 없었다. 거기다 매일 강의를 마칠 때면 과제물과 리포트들이 쏟아져 기숙사에 돌아와서도 쉬지 못하고 밀린 과제를 수행하느라 밤을 새우기 일쑤였다.

또한 끝없이 쏟아져 들어오는 새로운 지식들에 그동안 잘 사용하지 않아 녹슨 머리는 자주 버퍼링이 걸렸고, 안 읽던 책들을 장시간 보다 보니 눈은 침침해져 갔다. 당시 30대로 가장 어린 편에 속했던 나조차 이런 사정이니 연수생의 절반 가까이를 차지하던 50대들은 하루하루 눈에 보일 정도로 사기와 의욕이 떨어져 갔다. 게다가 점점 여름이 가까워 오면서 강의실 내부는 후끈 달아올라 찜통이었고, 한자리에 오래 앉아 있다 보니 온몸 구석구석이 저려 오기 시작했다. 다들 오랜만에 하는 공부와 무리한 일정 속에 병에 걸리는 사람들이 속출했고, 날이 갈수록 연수생들의 얼굴은 생기 없이 피폐해져만 갔다.

심신이 힘들어지니 처음에 배려 넘치고 여유 있던 모습들은 다 어디 가고 다들 점점 신경질적이고 예민해져 갔다. 그러다가 연수 막바지에

이를 즈음엔 그동안 억누르고 쌓여 왔던 감정들이 하나둘 폭발하기 시작했다. 기숙사에서 한방을 사용하는 사람들끼리 생활 습관의 차이로 다투는 일들이 잦아졌고, 일부는 우리를 무시하는 듯 거만한 태도를 보인 교수들과 날카로운 신경전을 벌이며 강의실 분위기를 얼음장처럼 차갑게 만들었다.

또 몇몇은 서로가 평소 가지고 있는 역사관과 정치색의 차이로 인해 강의 시간에 서로를 비방하며 인신공격을 해댔고, 결국 주변의 만류에도 불구하고 멱살을 잡고 치고받는 일까지 벌어졌다. 그리고 어떤 사람은 자신이 미워하는 사람들의 비행들을 몰래 학교 측에 고발하였으며, 어떤 이는 부끄럽게도 시험 때 부정행위를 저지르다 적발되어 모두들 앞에서 공개 사과를 하고 징계를 받기도 했다.

이런 모습들이 계속 반복되자 대학 측에서는 "이번 기수가 또다시 말썽을 벌일 경우 전원의 자격 취득을 취소하겠다."며 엄포를 놓았다. 결국 6개월 후 열린 수료식에서 우리들은 처음 만났을 때의 당당하고 자신감 넘치는 모습과 달리 민망하고 부끄러운 모습으로 서둘러 작별하고 각자의 자리로 빠르게 흩어졌다.

그동안 난 학생들에게 이런 말들을 자주 했다. '수업시간 몇십 분도 못 참아서 앞으로 무슨 일을 할 수 있겠니?' '앉아서 수업만 들으면 되는데, 이보다 편한 게 어디 있니?' '나도 너네처럼 공부만 했으면 좋겠다.' 같은 말들 말이다. 너무도 당연한 말이라 여겨 왔는데 오랜만에 학생의 입장이 되어보니 그게 얼마나 힘들고 쉽지 않은 일인지를 다시 깨닫게 되었다. 그리고 교사라는 사람들 역시 같은 상황과 조건에 놓여 있으니, 미숙하다 치부하던 10대 청소년들의 모습과 크게 다르지 않다는 것을 느꼈다. 도덕적이고 완성된 존재들이 아니라 이기적이고 여전히 불완전한 존재들임을 깨달았다.

그때의 자격 취득 연수는 나에게 전공 지식과 수업 노하우, 전문성을 가르쳐 준 것이 아니라 학생들에 대한 겸손함과 이해심을 길러 주었던 것 같다. 앞으로 학교생활 속에서 학생들의 부족한 수업태도나 나약한 마음가짐들을 마주하게 될 때 쉽게 나무라거나 평가하지 말고, 그때의 경험들을 통해 공감하고 이해하려 노력해야겠다고 다짐해 본다. "공부하느라 많이 힘들지? 선생님도 그 입장이 되어 보니 너네랑 별반 다르지 않더라. 지금 이 정도도 너무 잘하고 있는 거야. 힘내! 얘들아!"

각인(刻印)효과

교육학에서 배운 내용 중 '각인(刻印)효과'라는 말이 있다. 이는 오스트리아 출신 한 과학자가 인공부화로 갓 태어난 새끼오리들이 처음본 움직이는 대상을 어미처럼 졸졸 따라다니는 모습을 보고 발견했다고 한다. 이때 새끼 오리들은 비슷한 조류뿐만 아니라 인간 심지어 로봇까지도 부모라 여기며 졸졸 따라다니는데, 이런 행위들을 '각인' 또는 '인상 찍히기'라고 한다. 이러한 현상은 주로 '결정적 시기(critical periods)'에 나타나는데, 이 시기를 놓치게 되면 특정 부분의 학습이나 발달에 지장이 생긴다. 다소 복잡한 이야기를 내 식으로 정리하자면 모든 생명체들은 예민한 시기에 처음 만나는 존재가 삶에 있어 매우 중요하고 성장과 발전과정에서 결정적인 역할을 한다는 뜻이 아닐까 짐작해 본다.

몇 해 전, 우리 학교에 기간제 선생님 한 분이 새로 오셨다. 건강 문제로 갑자기 학교를 떠나게 된 과선배의 빈자리를 채우기 위해 이례적으로 2학기부터 함께 일하게 된 분이었다. 처음 학교로 인사를 오던 날 교장선생님은 친히 그를 나에게 데리고 와 소개시켜 주셨다. 간단한 인적사항을 알려 주신 후 잘 이끌어 달라는 부탁을 받았다. "알겠습니다."라고 답은 했지만 교직경력이 일천한 그와 일하게 된 것은 내심 걱정이고 불만이었다. 거기다 퇴근 시간이 훌쩍 넘은 때라 빨리 내빼고 싶은 마음이 굴뚝같았다. 하지만, 당시 교과 책임교사로서 내 할 도리는 해야겠다 싶어 학교의 분위기, 수업 진도 상황, 학생들의 성향 등을 빠르게 전달해 주었다. "앞으로 잘 부탁드려요."라는 의례적이고 상투적인 말을 남긴 후 서둘러 퇴근해 버렸다.

그에 대한 별다른 기대도 애정도 없었다. 매년 왔다 사라지는 수많은 사람 중 하나라 생각했기에 그냥 한 학기만 문제없이 잘 버텨 주고 바쁜 나에게 피해만 주지 말았으면 하는 바람이었다. 그러나 내 예상과 달리 그는 처음이라는 말이 무색하게 능숙히 조직에 적응해 갔고 뭐든 배우고자 하는 모습과 성실한 태도, 깔끔한 일처리를 보여 주었다. 이런 모습들이 반복되자 인색하기만 했던 내 마음도 조금씩 열리기 시작했다. 이후 대화가 잦아졌고, 종종 퇴근 후에 가벼운 식사를 하며 서로의 가치관과 교육관, 더 나아가 사적인 이야기까지도 주고받는 제법 친밀한 사이가 되었다.

그해가 마무리되어 가던 어느 날, 우리의 첫 만남에 대한 이야기가 자연스럽게 흘러나왔다. 나는 그가 처음에는 그다지 인상적이지 않았으며 별 기대도 없었는데 너무나 잘 적응해 주어 고맙고, 매사에 성실히 노력하는 모습에 나 역시 많은 자극을 받았노라고 고백했다. 내 칭찬에 연신 쑥스러워하던 그는 스스로를 '알에서 갓 깨어난 새끼 오리.'라 표현하며 나에게 이런 말을 했다. "제가 학교에 와서 처음 본 사람이 바로 선생님이셨어요. 그래서 선생님의 뒤만 졸졸 따라다니며 모든 행동들을 따라했던 것 같아요."

내 귀에는 듣기 좋은 말이라 내심 고맙기도 했지만 한편으로는 부끄럽기도 했다. 그다지 인상적인 모습을 보여 주지도, 매사에 불평이 많고 투덜대는 내 모습을 그동안 보고 따라 했다니 민망하기만 했다. '그동안 나 같은 사람에게 도대체 뭘 배웠을까?' 궁금하기도 했고 처음 직장생활에 눈뜬 그가 하필이면 나처럼 의욕 없고 매너리즘에 빠진 선배를 만나 더 배우고 성장할 수 있는 시기를 놓친 건 아닐까 걱정이 되기도 했다.

이날 내 기억 속에 잠시 잊혀 졌던 '각인효과'가 다시 떠올랐다. 누군가에겐 세상에 눈을 뜨고 처음 본 존재가 나였을 수도 있을 텐데, 그동안 나에게 과연 따르고 배울 만한 점이 있었을까 생각해 보았다. 또한 학교생활을 하며 만난 수많은 학생들에게 그동안 나는 어떤 모양의 각인을 심어 주었는지 되돌아보게 되었다.

어느덧 내 나이도 마흔이 훌쩍 넘었다. 그동안은 누군가에게 비춰질 내 모습에 대해 크게 신경 쓰지 않고 살아왔다. 그리고 인생은 각자의 몫이며 스스로의 책임이라고만 여겨 왔다. 나라는 존재가 누군가에게 영향을 미치고 성장과 발전의 분기점이 될 수 있을 것이라는 것을 미처 생각 못 하고 살아왔다.

하지만 어느덧 난 세상 속에서 그런 사람이 되어 가고 있다. 그러기에 나이가 들어 갈수록 내 말과 행동에 더욱 무게감과 책임감을 느끼고, 자주 스스로를 돌아보며 '매사에 언행을 조심 해야겠다.'고 다짐해 본다. 난 나이에 따라 내 존재감이 변하고 있음을 이제야 비로소 실감하고 있다.

이 글을 쓰다 문득 고개를 들어 보니 거실에서 해맑게 놀고 있는 딸아이가 눈에 밟힌다. 세상에 눈을 떠 나를 맨 처음 본 딸에게 '난 어떤 존재로 각인되어 있을까?' 갑자기 궁금해졌다. 그리고 가장 먼저 '딸아이에게 부끄럽지 않은 존재가 되어야겠다.' 조용히 되뇌어 본다.

나만의 홈 트리(Home tree)

　모두들 삶이 힘들고 지칠 때 무너져 가는 마음을 다잡게 하는 무언가가 하나쯤은 있을 것이다. 매너리즘에 빠져 일상이 무료해질 때 초심을 떠올리게 하는 무언가가 분명 있을 것이다. 그게 사람이나 물건일 수도 있고 어떤 취미일 수도 있을 것이다.

　나에게는 그런 것이 어떤 곳(장소)인데, 바로 내가 졸업한 대학교 중앙도서관 열람실이다. 임용고시를 준비하던 시절 꼭두새벽부터 도서관 지하 열람실 구석에 자리를 잡고 앉아 늦은 밤이 될 때까지 온종일 공부하며 내가 가진 모든 것을 쏟아 냈던 곳이며, 집보다 더 많은 시간을 보냈던 가장 친밀한 공간이 바로 그곳이었다.

　밖에 나가면 먼저 취직한 이들과 성공한 누군가 앞에서 한없이 위축되고 작아졌지만 이곳에서 만큼은 나와 비슷한 처지들이 대다수였기에 심리적 위로와 안정을 주었다. 그래서인지 그 시절 비가 오나 눈이 오나 바람이 부나 매일 아침 눈을 뜨면 기계적으로 도서관 열람실로 향했다. 간혹 그곳에 가지 않을 때면 내심 불안하고 초조하기까지 했다. 공부가 되든 잘되지 않든 일단 그곳에 자리를 잡고 엉덩이를 붙이고 있어야 내 마음이 한결 편했다. 지금 와서 생각해 보면 명절이나 가족행사가 있던 며칠을 제외하면 일 년 중 거의 대부분, 하루 종일을 그곳에서 보냈던 것 같다.

이 정도면 지금은 그쪽으로 쳐다보기도 싫고 진절머리가 날 만도 한데 난 가끔 그곳이 그립다. 참새가 방앗간을 그냥 지나치지 않듯 근처를 지날 때면 어김없이 그곳을 들른다. 그곳에 가서 딱히 하는 일은 없다. 그냥 빈자리에 앉아 책을 읽기도 하고, 졸리면 엎드려 자기도 하고, 이어폰을 꽂고 유튜브 영상을 보기도 하고, 그마저 시간이 안 될 때는 eye 쇼핑하듯 그냥 열람실을 한 바퀴 돌고 나올 때도 있다. 남들이 보기에는 시답잖고 의미 없어 보이겠지만, 나는 그런 행위들을 자주 하는 편이다.

내가 그런 행동들을 하는 이유는 지금도 자신의 꿈과 미래를 위해 도서관에서 땀 흘리며 공부하는 후배들 그 옆에 있는 것만으로도 그들이 쏟아 내는 진심과 젊음의 에너지, 열정을 조금이나마 전달받는 것 같은 느낌이 들기 때문이다. 또한 그들이 그렇게 최선을 다해 매달리고 얻고자 노력하는 결과가, 그렇게 간절히 기도하고 바라는 절실한 미래가 지금의 내 모습이라는 것을 너무도 잘 알기에 그 모습들을 보며 나태해지고 흐트러진 마음을 다잡게 된다. 그런 그들을 보며 난 일상 속 매너리즘에서 벗어나 삶의 의욕과 의미를 되찾는다.

그렇기에 난 시간이 허락할 때마다 늘 그곳으로 향한다. 어쩌고 보면 그곳은 나에게 '홈 트리(〈아바타〉 영화 속 나비족의 영혼과 생명의 상징하는 나무)'이자 치열하게 살아온 내 20대의 전적지라 할 수 있다. 이런 생각들을 가까운 지인들에게 가끔 말할 때가 있는데 그럴 때마다 "취미가 참 고약하고 변태 같다."는 대답이 돌아온다. 하지만 난 그곳이 좋고 언제나 그곳에 가고 싶다.

화양연화(花樣年華)

　신입 시절 회식 자리에서 아무도 궁금해하지 않는 자신들의 젊은 날 이야기를 한참 동안이나 늘어놓는 선배들의 모습을 보며 왜 그리 열변을 토해 내는지 의아할 때가 많았다. 당시 인물들과 상황, 이미 성인이 되어 버린 그 시절 학생들, 지금과는 너무도 다른 학교의 모습들을 장황하게 늘어놓는 모습을 볼 때마다 어떻게 반응해야 할지, 어디까지 집중해 들어야 할지 감이 서지 않을 때가 많았다. 학교에서는 그렇게 과묵하고 자신의 감정을 철저히 숨기던 그들이 밖에서는 너무 사소하고 개인적인 TMI(Too much information)까지 줄줄 늘어놓는 모습을 보면서 무엇이 그들을 이렇게 돌변하게 만들었는지 궁금하기만 했다.

　세대도 살아온 경험도 다른 내가 얼마나 그 마음을 이해해 줄 거라 믿는 건지 모르겠지만 그들은 들뜬 아이들처럼 발갛게 상기된 얼굴로 연신 침을 튀겨 가며 자신의 젊은 날의 이야기를 귀에 딱지가 앉도록 늘어놓았다. 지난번에 했던 이야기인 줄도 모르고 같은 레퍼토리를 반복하기도 하고 상대가 눈을 피하고 딴짓을 하면 자연스럽게 다른 사람과 눈을 맞추며 자신들의 이야기를 이어 가기도 했다. 그래서 회식이 끝날 때쯤엔 항상 기가 빨린 듯 정신이 멍했고, 다음 회식이 돌아올 때면 또다시 피해자가 되지 않기 위해 눈치를 살피며 숨을 만한 장소를 찾아 헤매었다.

어느덧 나도 중년이 되고 선배의 위치에 올라섰을 때 문득 내 모습과 행동들을 돌아보니 선배들만큼은 아니지만 나 역시도 후배들에게 내 지난날의 이야기를 장황하게 늘어놓고 있다는 걸 알게 되었다. '라떼'라는 비아냥거림도 아랑곳하지 않고 내가 겪은 경험과 가치관, 교육관 등을 쉴 새 없이 말하고 있었다. 그들이 내 말의 의도와 내용 전부를 이해해 줄 거라 믿지 않으면서도 마치 플레이버튼이 눌려진 카세트처럼 끊임없이 말을 이어 가고 있었다. 결론이 정해진 것처럼 모든 이야기가 '기-승-전-내 이야기'로 끝날 때가 많았다. 그런 과정이 자주 반복되자 나 역시 소위 말하는 '꼰대'가 되었음을 비로소 느끼게 되었다.

내가 왜 이렇게 변했을까 고민해 보니 몇 가지 생각들이 어렴풋이 떠올랐다. 너무 많아 복잡하기만 했던 인간관계가 언젠가부터 단출하게 정리된 후 진솔한 내 이야기를 들어 줄 사람도 그런 자리들도 이제 드물다는 생각이 들었다. 그러기에 내 말을 들어 줄 누군가가 지금 내 앞에 있다는 것에, 그런 상황이 마련되었다는 것에 신이 났던 것 같다. 감정을 숨기며 참고 인내하는 것이 몸에 배어 버린, 표현보다 절제가 익숙한 중년의 나이에 겉으로나마 공감해 주고 머리를 끄덕여 주는 상대가 있음이 몹시도 즐겁고 벅찬 일이라 느꼈기에 입을 쉴 새 없이 놀렸던 것 같다. 예전 한 선배가 '집에 가면 유일하게 자신을 반기는 건 반려견뿐.'이라는 말을 한 적이 있다. 그땐 주변 사람들에게 웃음을 주기 위해 던지는 가벼운 농담쯤으로 여겨졌는데 지금은 그 마음이 십분 이해된다.

또한 지금은 볼품없어지고 변화되는 시대에 점점 뒤처져 가는 퇴물 중 하나이지만, 나 역시 한때는 꽃같이 아름답고 찬란한 시절이 있었음을, 톡톡 튀고 빛이 나던 시절이 있었음을 그들에게 알리고 싶었던 것 같다. 부디 지금 현재의 모습으로만 판단하지 말아 주기를 기대하며 끊임없는 변명을 하는 것이라 느껴졌다. 세상의 아웃사이더라 자칭하며 반평생 살아왔지만 나 역시 다른 사람에게 나를 알리고 인정받고자 노력하는 평범한 존재임을 다시 한번 깨닫게 되었다.

그러나 이렇게 생각한다고 해서 후배들에게 과거의 나와 같은 피해자가 되라고 강요할 수는 없지 않은가? 그러기에 얼마 없는 곳간이라도 활짝 열어 그들을 넉넉히 먹인 후 내 이야기를 할 수 있는 기회를 엿보고 있다. 요즘은 밥이나 술을 사준다 해도 선뜻 따라나서는 후배는 아무도 없다. 그러기에 지속적으로, 치밀하게 그들에게 러브콜을 보내며 응답을 기다린다. 때로는 이런 모습이 한심하고 자존심 상할 때도 많지만 어쩌랴? 아쉬운 사람이 우물을 파야하는 법이니 굳게 닫힌 문을 계속 두드리는 수밖에.

그러다 언젠가 기회가 마련되었을 때 괜히 나왔다는 생각이 들지 않도록 그들이 관심 있어 할 주제들을 잔뜩 던진 후 가급적 입은 다물고 그들의 이야기에 귀를 기울이려 한다. 그들의 말에 공감해 주며 적절한 리액션은 필수다. "얼쑤!" 장단을 맞추고 흥을 돋워가며 상황을 주시한다. 그러면서 내 이야기를 꺼낼 수 있는 기회를 호시탐탐 노린다. 그리고 마침내 기회가 왔을 때 준비된 말들을 속사포 랩처럼 뱉어낸다.

모임을 파하고 집에 돌아오는 길이면 많은 생각이 몰려든다. 그동안 하고 싶었던 이야기를 할 수 있었음에 내심 뿌듯하기도 하지만 '굳이 이렇게까지 해야 하나?' 하는 자괴감도 동시에 든다. 그러면서도 그것마저 절실하게 그리운 한 고독한 중년 남자의 모습이 가엽게만 느껴진다. 그러면서 내 주변의 또 다른 외로운 이들을 자신의 이야기를 하고 싶어 입을 옴짝달싹 거릴 때, 그 의도를 빨리 알아채고 그들의 이야기를 경청해 주어야겠다고 다짐해 본다.

스위치가 필요해!

즐겨 보는 TV 프로그램 〈유퀴즈〉에 드라마 〈옷소매 붉은 끝동〉에서 정조 '이산' 역을 맡아 훌륭한 연기를 보여 준 아이돌 그룹 2PM 출신의 배우 이준호 씨가 출연했었다. 그는 인터뷰에서 "아직 배우 경력이 미숙해서인지 드라마나 영화 촬영 시 맡은 배역에 바로 몰입하는 것이 너무 힘들다."고 밝혔다. 그래서 촬영 몇 달 전부터 배역에 몰입하기 위해 촬영지로 미리 내려가 집을 구하고 배역의 인물처럼 먹고 지내며 그 분위기를 유지하려 애쓴다고 했다.

그리고 촬영이 끝난 뒤에도 배역에서 쉽게 벗어나지 못해 많이 힘들어하는 편이라고 한다. 인터뷰 말미에서는 이렇게 'ON-OFF'가 잘되지 않는 자신의 모습을 자책하기도 했는데, 그 장면을 보며 훌륭한 배우로 성장하는 그의 모습에 존경과 찬사가 나오는 동시에 그런 모습이 어쩐지 나와 비슷해 공감과 위로가 되기도 했다.

어느덧 학교생활에서 연차가 쌓이고 점차 중요한 업무를 맡고 있는 지금, 나 역시 일과 일상이 분리되지 않아 심란하고 괴로운 마음이 부

114

쩍 든다. 더구나 COVID-19 이후 학교에 불확실한 상황이 많아져서인지 최근 그런 현상이 더 두드러지고 있다. 그러다 보니 퇴근을 하고도 머리는 쉬지 못하고, 일 생각에 얽매여 밤새 정신없이 돌아가고 있다.

일상생활 중에도 일에 대한 생각들로 종종 집중력이 흐트러질 때가 많으며, 머리가 자주 멍해지고 두통이 잦아진다. 게다가 평소 계획대로 흘러가는 것을 좋아하고 돌발 상황에 스트레스를 많이 받는 내 성격은, 그런 경향을 더욱 부추기고 있는 것 같아 괴롭기만 하다. 결국 나도 요즘 저 배우처럼 일과 삶에 있어 'ON-OFF'가 잘되지 않아 괴로워하고 있음을 절실히 느끼고 있다.

주변의 사람들은 내 삶을 보며 다채롭다는 이야기를 많이 한다. 매달 한 번씩 떠나는 국토종주 자전거 라이딩, 좋아하는 프로스포츠팀 일정에 맞춰 응원을 다니는 모습, 첼로와 수어 강좌를 수강하며 위스키와 와인에 대해 관심을 가지고 공부하는 내 모습을 보며 너무 바빠 보이는 한편, 인생을 즐기며 재미있게 사는 것 같아 부럽다는 이야기를 많이 한다.

이는 새로운 것에 관심이 많고 얕고 넓게 배우며 지적 허영심을 채우는 것을 좋아하는 원래의 내 성격 탓이기도 하지만, 다른 한편으로는 일과 삶을 분리해 내기 위해서이기도 하다. 'ON-OFF'가 잘되지 않는 지금의 모습에서 벗어나 잠시라도 머리를 비우고 심신의 안정과 평화를 얻기 위해서 끊임없이 헤매는 것이기도 하다. 그럼에도 불구하고 아직 어느 하나에도 마음을 온전히 쏟지 못하고 뜨내기마냥 여기 기웃, 저기 기웃하는 것은 어쩌면 마땅한 방법을 찾지 못해서 그럴 것이다.

남들은 쉽게들 '워라밸(Work-life balance)'을 외치며 잘들 살아가는 것 같은데, 그 워라밸이 나에게는 너무도 어렵기만 하다. 그러다 보니 믿음직한 남편, 자상한 아빠, 친절한 동료, 좋은 친구 그 무엇도 아닌, 점점 애매모호한 존재가 되어가는 것만 같아 슬퍼진다.

예전에 신입 시절 동료들과 함께 스키장에 놀러갔을 때, 한 동기가 내게 이런 말을 한 적이 있다. "난 보드를 타고 슬로프를 내려올 때면 세상의 걱정과 고민이 다 사라지고 그 순간 오롯이 행복감을 느껴." 나도 빨리 그 동기처럼 그런 스위치를 갖고 싶다.

사양(斜陽) 산업

어릴 적부터 내 꿈은 교사였다. 학교생활을 그리 잘한 것도, 선생님에게 많은 칭찬을 들은 것도, 그렇다고 공부를 썩 잘한 편도 아닌데 내 꿈은 한 번도 변한 적이 없었다. 무엇이 교직생활에 대한 동경을 갖게 했는지 분명하진 않지만, 난 오랜 시간 교사를 꿈꿔왔고 교사가 되기 위해 20대 청춘을 걸었다. 그리고 수많은 우여곡절 끝에 지방 소도시의 사립 중학교 교사가 되었다.

우리 부모님은 아들, 딸 모두 교사로 키워냈다는 것을 자부심으로 여기시며 늘 자랑스러워하셨다. "친지들 앞에서 언제나 당당할 수 있다."며 연신 좋아하셨다. 그리고 나 역시 교사라는 타이틀 때문인지는 몰라도 어디를 가든 누구를 만나든 한 것에 비해 대체적으로 존중을 받았으며, 30대 때는 소개팅이 여기저기서 물밀듯이 들어와 100건 넘는 소개팅을 치러 낸 기이한 경험의 소유자가 되었다.

누구에겐 별 볼일 없고 대단치 않게 보이겠지만 가진 것 없고 열등감이 많은 나에게 교사라는 직업은 누구 앞에서도 당당할 수 있는 하나의 자존심과 같았다. 그렇기에 내 직업에 대한 자부심을 늘 갖고 있으며 여전히 교직을 사랑한다.

그런데 근래 들어 교사라는 직업의 사회적 평판과 인기가 점차 사라져 감이 느껴진다. 아니 더 나아가 교육계 자체가 사양 산업에 접어들었음을 뼈저리게 느낀다. 일단 학생들이 눈에 띄게 줄어들고 있다. 나의 학창 시절엔 한 반에 50명이 넘는 아이들이 좁은 교실에서 서로의 열기를 오롯이 느끼다 못해 몸을 치대 가며 힘겹게 수업을 들었는데, 지금은 한 반에 20~30명 남짓밖에 없다. 교실에 들어갈 때마다 해가 갈수록 빈 공간이 넓어짐을 몸소 느낀다. 특히 내가 소멸 위기에 있는 지방 소도시에 근무해서 그런지 학생 수가 줄어드는 게 해마다 피부로 와닿는다. (대도시는 분명 덜할 것이다.) 학생이 줄면 교사도 줄어드는 법, 처음에 50명이 넘던 교직원 수도 어느덧 30여 명 남짓으로 줄어들었다.

올 한 해 우리 지역에 태어난 아이들이 남녀 다 합쳐도 300~400명 정도밖에 되지 않는다는데, 앞으로의 전망은 더더욱 어둡기만 하다. 학생 없는 교사와 학교가 존재할 수 있으랴? 평소 걱정이 많은 성격이라 그런지 몰라도 학교가 유성처럼 서서히 작아져 이내 소멸될 것만 같아 두렵게만 느껴진다.

그리고 학교가 점차 축소되고 학생이 줄어들어서인지, 많은 관심과 부러움의 대상이던 교사라는 직업의 인기도 예전 같지 않음을 느낀다. 언젠가 사범대 교수님께 들은 바에 따르면 임용고시를 준비하는 학생

118

이 정원에 절반도 채 되지 않으며 다른 과로 전과하는 일도 흔하다고 한다.

그래서인지 몰라도 학교 근무를 희망하는 젊고 능력 있는 교사들도 점점 줄어들고 있다. 월급도 그리 많지 않고 성과도 눈에 보이지 않는데다, 폐쇄적이고 연공서열을 중시하는 조직 분위기에 교직생활을 점점 기피하고 있다. 실례로 우리 학교는 채용(기간제 교사) 공고를 내도 매년 미달 사례가 속출한다. 2~3번씩 재공고를 내는 것이 어느덧 자연스러운 일이 되었고, 겨울방학 때 교사들은 아는 인맥을 총동원해 새 학기에 함께 일할 사람을 수소문하는 것이 일상이 되어 버렸다.

거기다 겨우 맘 잡고 남아 일을 시작한 젊은 교사들도 경직된 조직 구조와 배려와 보상 없이 열정만 갈아 넣을 것을 요구하는 분위기에 지쳐 학교뿐 아니라 교직 자체를 떠나는 경우가 많아지고 있다. 게다가 학생과 학부모로부터 예전과 같은 존중과 인정을 더 이상 기대할 수 없으며, 날이 갈수록 교권이 추락하고 있는 지금의 현실은 이런 분위기를 더 부추기는 것 같다.

'권불십년, 화무십일홍(權不十年, 花無十日紅)'이란 말처럼 세상 사영원한 것이 있으랴? 달이 차면 기우는 법, 한때 잘나가던 교직도 저물어 가는 사양 산업이 되었다는 준엄한 현실을 이제는 받아들여야 할 것 같다. 언젠가 이런 생각들을 친구들을 만나 터놓은 적이 있는데 대부분은 쓸 때 없는 걱정 사서 한다며, '교사는 철 밥통'이라는 비아냥거

림만 돌아왔다. 그렇지만 책임져야 할 처자식이 있는 마당에 불안한 것도, 이 업에 종사하는 당사자기에 초조하고 앞날에 대한 걱정이 자꾸 드는 것을 어쩌랴? 아무튼 매일매일 답 없는 고민만 깊어진다.

그래도 다행인 건 고민을 하면 할수록 점차 불확실한 미래, 내가 해결할 수 없는 시대의 흐름을 안타까워하기보다는 현재에 충실하며 즐겁게 살아야겠다는 희망을 꿈꾸게 된다. 지금 내가 하는 일을 사랑하며 동료와 즐겁게 일하고, 학생들에게 좋은 교사까지는 아니더라도 조금이나마 보탬이 되도록 노력하며 남은 시간을 의미 있게 보내야겠다고 다짐하게 된다. 그토록 바랐고 꿈꿨던 이 교직생활의 *라스트 댄스를 아름답게 장식하며, 난 불꽃처럼 찬란하게 그리고 후회 없이 사라지고 싶다.

* 라스트 댄스(Last dance): 미국에서는 '마지막 기회'라는 뜻으로 주로 사용되나 우리나라에서는 약간 변용되어서, '(결국 흩어지겠지만) 마지막 마무리는 잘하자'는 의미로 더 쓰이고 있다.

좋은 선배

　신입 시절 업무에 대한 학교 차원의 체계적인 연수나 지도보다는 수많은 시행착오를 홀로 부딪히며 눈치껏 주먹구구식으로 일을 배워 온 터라 이끌어 주는 선배에 대한 동경과 갈증이 누구보다 컸다. 그래서 연차가 쌓이고 후배들이 하나둘 늘어나기 시작할 때부터 나는 좋은 선배의 역할에 대해 깊이 고민하기 시작했다. 내가 갖지 못했고, 받지 못했던 것을 그들은 갖고 받길 원했으며, 내가 입에 달고 사는 '제대로 가르쳐 준 이 하나 없었다.'는 불평을 다른 이에게까지 듣기가 너무도 싫었다.

　사실 '좋은 선배'라는 것이 막연하고 추상적이며 주관적지만 그걸 내 생각으로 풀어 보자면 이렇다. 의지할 곳 없어 방황할 때 든든한 버팀목이 되어 주고, 전문성을 바탕으로 조언을 아끼지 않는 멘토이면서, 이따금씩은 뚜렷한 정답과 기준이 없는 학교생활 속에서 등대처럼 하나의 지표가 될 수 있는 그런 선배의 모습을 떠올려 왔다. 그래서 신입 교사들이 올 때마다 시간과 돈을 써 가며 자리를 마련하고, 틈틈이 메모장에 정리해 놓은 나름의 생각과 조언들을 기회 닿을 때마다 전달하기도 했다.

그런데 내 생각 속의 좋은 선배가 되고자 노력하면 할수록 후배들과 점점 어색해지고 멀어져 감을 느낀다. 그들에게 도움을 주고자 꺼낸 말들은 '나 때는 말이야'와 같은 꼰대 짓이 되어 갔고, 나름의 충고와 멘토링은 상대에게 부담감과 불편함만을 안겨 주었다. 언젠가부터 내가 다가가려 하면 할수록 그들과 점점 멀어져 감을 깨닫게 되었으며, 말을 꺼내면 꺼낼수록 그들의 입은 굳게 닫혀 간다는 걸 느끼게 되었다.

내 생각과는 달리 자꾸 꼬여만 가는 상황에서 이도 저도 아닌 존재가 되어 방황하던 와중, 우연히 본 유튜브 영상 속에서 내가 찾던 질문에 대한 답을 발견하게 되었다.

개그우먼 장도연이 진행하는 유튜브 〈동네가 달라〉에 선배 박미선이 출연했었다. 프로그램 말미에 PD가 선배인 박미선에게 "(후배인 장도연에게) 조언 한번 해 달라."고 부탁한다. 이에 대해 그녀는 재치 있고 유머러스하지만 결코 가볍지 않은 답을 해 주었다. 그 대답은 "아무것도 조언해 주고 싶지 않아."였다. 이에 놀란 장도연이 "(제가 알아서) 잘할 거 같으니까요?"라고 묻자 그녀는 "아니, 라이벌이니까."라고 받아친다.

박미선의 말을 정리하자면 각자 돈 받고 일하는 프로인데, 프로의 세계에서 나이가 많다는 이유만으로 조언하는 것은 아무 의미가 없으며 또한 자신에겐 그럴 자격도 없다는 것이다. 그러면서 마지막으로 위트 있게 "너, 나 뛰어넘을 수 있니?"라고 묻고 장도연이 그렇다고 답하자 "넌 아직 멀었어."라며 농담을 한다.

얼핏 보면 말장난처럼 보일지 모르겠지만 난 박미선 씨의 말과 태도에서 진정한 선배의 모습을 보았다. 나이와 경력을 초월해 상대를 동등하게 바라보며, 가르침과 이끎의 대상이 아닌 서로 경쟁하며 발전하는 관계로 후배를 바라보는 성숙한 진짜 어른의 모습 말이다. 그렇기에 박미선 씨는 지금도 남녀 가리지 않고 많은 후배들이 따르고 존경하는 선배로 자주 거론되는 게 아닌가 싶다.

이 영상을 본 후 그동안 선배로서의 나의 행동이 어땠는지 돌아보았다. 어쩌고 보면 그동안 내가 후배들에게 했던 수많은 말들과 조언은 '내가 너보다 더 우월하다.'는 자만과 교만이 깔린 것이었고, 멘토링이라는 이름으로 잘 포장된 무시와 낮춰 봄이었다. 그리고 "좋은 동료가 되고 싶다." 늘 말하고 다녔지만, 사실 그들을 동료가 아닌 그저 한 수 가르쳐 주어야 할 대상으로만 여겨 왔음이 느껴졌다.

그렇다면 난 앞으로 어떻게 할 것인가? 우선 어설픈 조언이나 참견보다는 진정한 프로로서 그들 앞에 당당히 서야겠단 마음이 들었다. 그리고 짧은 소견과 경험으로 쉽게 판단하고 평가하기보다는 그들의 생각과 의견을 존중해 주고 대등하게 상대를 바라봐야겠다고 생각했다. 또한 경쟁과 협력을 통해 함께 성장해 가며 가까이할수록 도움이 되고 든든해지는 대체 불가능한 존재가 되어야겠다고 느꼈다.

마지막으로 더 바란다면 먼저 다가가 손 내밀어 주고 베풀며, 잘못된 조직 문화와 시스템을 강요하는 것이 아니라 그것을 개선하고 변화시키기 위해 맨 앞에서 싸워 줄 수 있는 그런 존재가 되었으면 좋겠다. '마음이 실개천과 같은 내가 과연 그럴 수 있을까?' 생각도 들지만, 내 뱉은 말을 지키기 위해라도 스스로를 갈고닦으며 조금씩 변화되어 가는 내 모습을 그들에게 보여 주고 싶다.

"어린이집에 가기 싫어요"

금지옥엽(金枝玉葉) 외동딸이 요즘 부쩍 "어린이집에 가기 싫다."며 떼를 쓰는 일이 잦다. 물론 이런 모습이 아이를 키우다 보면 흔히 나타나는 일임을 잘 알고 있지만 날이 갈수록 그 정도가 심해져 걱정이다.

가령 자기 전에 두렵고 떨린다기에 그 이유를 물어보면 "내일 어린이집에 갈 생각 때문."이라고 말한다. 그리고 아침에 일어나면 우리에게 "아빠, 엄마 잘 잤어?"라는 인사보다는 "오늘 어린이집에 꼭 가야해?"라는 말을 가장 먼저 한다. 우리 부부는 맞벌이인지라 어쩔 수 없다는 식으로 아이를 달래면 그때부터 닭똥 같은 눈물을 뚝뚝 흘리며 오열한다. 그리고 어린이집에 바래다주는 길 내내, 선생님께 아이를 인계해 줄 때까지 그 눈물은 그칠 줄 모른다. 그럴 때마다 온몸에 땀이 나고 가끔씩은 화가 치밀어 오른다. 또한 이런 아이를 당황한 표정으로 바라보는 어린이집 선생님들과 마주할 때면 우리 부부는 연신 민망하고 죄송하기만 하다.

혹시 아이를 키워 본 경험이 있는 사람들이라면 아마 대수롭지 않게 "어릴 때 어린이집을 적응하는 과정에서 나타나는 자연스러운 모습."

이라 할지 모르겠다. 나 역시 웃고 가볍게 넘기고 싶지만 놀랍게도 우리 딸은 현재 7살이다. 어린이집에서 가장 형님인 나이에 막내들도 잘하지 않는 울고 떼쓰기를 하고 있으니 여간 난처한 것이 아니다.

처음 등원한 3살 때부터 부모가 안심하고 돌아설 수 있도록 밝은 모습으로 당당히 어린이집에 가던, 커서 어린이집 선생님이 될 거라며 매일 방 안에서 인형들을 세워 놓고 역할 놀이를 즐겨했던 아이가 갑자기 올해 들어 이런 행동을 보이니 머리가 복잡하기만 하다.

처음에는 이런 행동들을 할 때마다 "너 하고 싶은 대로만 할 순 없어." "오냐오냐 다 들어줬더니 요즘 버릇이 너무 없어졌다."고 나무라기만 했다. 하지만 계속 그런 행동이 반복되자 문득 '정말 무슨 문제가 있는 건 아닐까?' 하는 의구심이 들었다. 그래서 우리 부부는 날을 잡아 아이가 좋아하는 음식과 간식들을 잔뜩 사 주며 어린이집에 가는 게 왜 그리도 싫은지, 매일마다 울고 떼쓰는 이유가 정말 따로 있는 건지 조심스럽게 캐물었다. 말을 돌리며 대답을 피하던 아이는 맛있는 걸 먹으며 마음이 누그러졌는지 자신의 속마음을 하나둘씩 이야기하기 시작했다.

결론은 현재 담임 선생님이 엄하고 쎈 캐릭터라는 게 그 이유였다. 자주 안아 주고 실수를 감싸 주며 아이에게 적극적으로 사랑을 표현해 주던 이전 선생님들과 달리, 지금 선생님은 아이의 잘못에 대해 종종 엄하게 대하기도 한다고 했다. 다른 아이들에 비해 행동이 느리고 소 근육이 발달하지 못해 집기들을 잘 놓치는 등 잔 실수가 많은 딸아이는 담임 선생님께 몇 번 혼이 났던 것 같고, 자신이 아니더라도 다른 아이들이 혼나는 모습을 지켜보며 위축되어 어린이집에서 생활하는 내내 긴장과 불안의 연속이었던 것 같다. 딸아이가 평소 예민하고 소심하며 눈치를 많이 보는 성격이라 이런 상황들이 더더욱 힘들었을 것이다.

이야기를 다 듣고 보니 그동안 아이의 마음을 몰라주고 나무라기만 한 것 같아 미안하기도 했고, 담임 선생님께서 마음 여린 딸아이의 심정을 세심히 살펴주고 좀 더 자상하게 대해 주셨다면 하는 생각이 들기도 했다. 그렇지만 또 한편으로는 나 역시 교사로서 이렇게 할 수밖에 없는 선생님의 입장도 충분히 이해가 되었다. 딸아이가 자신을 위해 악역을 자처하며 초등학교 입학 전까지 기초 생활습관과 학습능력을 길러 주고자 애쓰시는 마음을 좀 더 이해해 주었으면 하는 아쉬움도 들었다.

그날 저녁 딸아이를 재워 놓고 거실에 앉아 아이와 나눈 이야기를 곱씹으며 내 교직생활을 한번 돌아보았다. 나 역시 딸아이의 담임 선생님과 마찬가지로 학교에서 부드럽고 자상하기보다는 엄하고 무서운 선생님 중 하나이다. 엄격하고 냉정한 기준으로 학생들을 대하는 그런 유형의 교사다. 그동안 교직생활을 해 오면서 이런 행동들이 학생들에게 꼭 필요한 일이며, 이것이 당장은 쓰게 느낄지언정 나중엔 분명 좋은 약이 될 것이라 여기며 스스로를 정당화해 왔다.

그런데 딸아이의 경우처럼 어느 날 내가 무심코 한 행동과 말들, 학생 지도와 교육이라는 이름으로 행해 온 많은 일들로 인해 상처받고 오늘 아침도 학교 오기를 꺼려하며 부모와 실랑이한 이는 없었을지, 나라는 한 사람으로 인해 즐거워야 할 학창 시절이 괴롭고 힘들다 느끼고 있는 누군가는 없을지 깊이 고민해 보게 된다.

이 일로 다시 한번 교사라는 직업이 무겁고 힘든 자리임을 몸소 깨닫게 되었다. 주위에서 다들 '교사는 꿀'이라며 비아냥대는데, 나는 교사생활을 하면 할수록 점점 어렵고 버겁기만 하다. 그리고 내게 맡겨진 교사라는 역할을 과연 잘 수행하고 있는지 너무도 걱정된다.

Chapter 3

Fly to the Galaxy

혹시 '허블 우주망원경'을 알고 계신가요? 미국항공우주국(NASA)가 개발하여 우주로 쏘아올린 것으로 이를 통해 인류는 그동안 배일에 가려져 있던 여러 행성들과 블랙홀의 실체를 확인할 수 있었습니다.

1995년 한 과학자가 이 망원경으로 북두칠성 부근의 검은 하늘을 촬영한 적이 있었습니다. 빛이 미약해 10일 동안 렌즈를 노출하여 사진을 찍었다고 하는데, 그 결과는 매우 놀라웠습니다. 아무것도 없을 것이라고 생각했던, 보름달 지름의 30분의 1도 안 되는 좁은 하늘에서 2000개 이상의 은하가 나타났기 때문입니다.

우리의 삶도 이 같지 않을까요? 자세히 들여다보면 그 속에는 저마다의 우주가 살아 움직이고 있을 테니 말입니다. 제 안에도 잘 보이지 않지만 분명 거대한 우주가 살아 숨 쉬고 있습니다. 이 우주를 40여 년간 항해하며 겪은 수많은 이야기와 나름의 사색들을 이 글을 읽는 여러분과 함께 나누고 공감받길 원합니다.

나는 어떤 색(色)의 사람인가?

　사람이라면 누구든 각자 가진 색이 있다. 그리고 그 색을 흔히 이렇게들 표현한다. "난 이런저런 성향의 사람이야." 그럼 난 무슨 색을 갖고 있는 어떤 성향의 사람이일까? 이런 고민을 하게 된 이유는 최근 주변으로부터 이런 말들을 부쩍 많이 듣고 있기 때문이다. "너 갑자기 변한 것 같다."든지, "너 이런 사람 아니었잖아?" 같은 말들이다. 그 말들을 들을 때마다 그동안 난 어떤 사람이었고 그들은 평소 나를 어떻게 생각해 왔을까 궁금해진다. 정말 내가 가진 색이 달라진 걸까? 그럼 지금까지 나의 색은 어떻게 정의되어 왔을까? 곰곰이 생각해 봤다.

　사실 난 어렸을 때부터 색이 뚜렷한 편은 아니었다. 오히려 예전부터 '평범'이라는 애매모호한 단어로 정의된 무채색에 가까운 사람이었다. 흔히 말하는 튀는 스타일이 아니었고 소심하고 내성적인 성격은 나서서 이끌기보다 묵묵히 따르는 것이 훨씬 자연스러웠다. 그리고 딱 떨어지는 쿨한 성격과는 거리가 멀었으며 애매모호하고 우유부단했다. 주변의 말에 쉽게 휩쓸리는 얇은 귀의 소유자로 결정 장애 초기 수준이라 해도 무방할 정도였다. 또한 경쟁을 싫어하는 성격이었으며 투쟁심이 없었다. 그래서인지 학창 시절 나는 항상 있는 듯 없는 듯 하는 그런 존재였다.

　그런 내가 사회로 나오면서 변하기 시작했다. 문득 돌아보니 어느새 내 색은 진해지고 선명해져 있었다. 튀는 스타일이 아니었던 내가 언젠가부터 어디서나 두드러지는 존재가 되어 있었다. 무엇을 하든 항상 불분명한 다수가 아닌 뚜렷한 소수 쪽에 서 있었으며 독특한 역할을 주로 맡았다. 내 생각과 사고는 항상 주류와 멀리 떨어져 있었다. 수동적이었던 나는 언제부터인가 직장, 여러 모임 등에서 리더로 활동하고 있으며 누가 봐도 그런 자리가 너무나 당연하고 자연스러운 사람 중 하나가 되었다.

　소심하고 말 없던 난 이제 어디서든 적극적이고 할 말은 반드시 해야만 직성이 풀리는 사람이 되었다. 또한 애매모호하고 우유부단한 성격은 어느덧 희미해지고 똑 부러지고 상황 판단이 빠른 사람이 되었다. 주변 눈치를 잘 살피며 주위의 말에 잘 휩쓸리던 내가 지금은 가혹할 만큼 냉정하고 독단적이란 평가를 자주 받는다. 그리고 경쟁을 싫어하며 투쟁심이 없던 난, 이제 소위 말하는 싸움닭이 되었다. 큰 불의를 보고도 인내가 편했던 내가 이제는 작은 일에도 잘 참지 못하며, 나의 영역을 침범하는 사람들에게는 날카로운 말들로 각을 세우는 제법 사나운 사람이 되었다. 논리적으로 이해되지 않으면 끝까지 물고 늘어지는 치밀한 사람이 되었다.

내가 요즘 왜 이런 걸까? 그 이유는 나도 잘 모르겠다. 살아오면서 색이 변해 온 것은 분명한 듯 보이는데 나를 변화시킨 계기가 될 만한 사건은 아무리 생각해 봐도 떠오르지 않는다. 내가 변한 건지, 그동안 내 스스로를 착각하며 살아온 건지 도무지 알 수가 없다.

그러다 보니 내가 지금까지 천직이라 생각하고 있는 교사란 직업도 요즘 낯설게만 느껴진다. 내가 '왜 그토록 교사가 되고 싶었을까?' 생각해 보니 이유는 단순했다. 말하는 것을 즐겼고, 안정적인 것이 좋았고, 경쟁이 싫었고, 여유 있는 삶을 원했고, 예측 가능한 삶을 살고 싶었다. 그렇기에 정량적으로 성과를 평가할 수 없고, 승진에 크게 눈치 보지 않아도 되며, 정년이 비교적 안정적으로 보장된 교사가 딱이었다.

그런데 요즘 내 모습을 돌아보니 난 교사와 맞지 않는 사람일지도 모른다는 생각이 자꾸 든다. 투쟁심보다는 인화가 어울리는 곳에서 예민하고 날카로워 많은 사람들이 쉽게 다가오지 못하고 잔뜩 돋아 있는 가시로 주변 사람에 상처 줄 때가 많다. 보이지 않는 성장과 발전이 중요한 곳에서 난 가시적인 성과와 분명한 결과들에 집착하고 있다. 적당히 놀고 여유 있는 삶을 기대했던 나는, 요즘 한 치의 여유도 없이 매일 수많은 일들과 치열하게 싸우고 있고 매사에 효율성만을 최우선으로 생각하는 다소 인색한 사람이 되었다. 또한 결과로 보여 주지 못하는 사람, 자신의 일을 함부로 하는 사람, 일의 마무리가 부족한 사람과는 상극이 되어 대립하고 있다. 그들의 모습이 과거 내 모습과 매우 비슷함에도 말이다.

친한 선생님 중 하나는 요즘 나를 보며 이런 이야기를 자주 한다. "선생님은 군인이 더 잘 어울릴 것 같단 생각이 들어요." ROTC로 졸업과 동시에 임관하여 짧게나마 직업 군인으로 살아 봤던 이의 말이기에 그 말이 가벼이 들리지 않는다. 가장 싫어하는 직업이었던, 내 성향과 가장 거리가 멀다 생각했던 군인이 딱 맞다 느낀다니 왠지 뒷맛이 씁쓸하다. '사십춘기'를 겪고 있는 40살의 난, 아직도 내가 어떤 색의 사람인지 잘 모르겠다.

삼망지교(三忘之交)

올해 우리 나이뿐 아니라 글로벌 스탠더드(만 나이)로도 40세가 되었다. 더 이상 30대라 우기지도 못하는 지금의 난, 새삼 나이의 무게를 실감하고 있다. 나이에 맞게 살아가는 것이 무엇인지 고민함과 동시에 진정한 친구는 누구이며 진정한 사귐은 무엇인가에 대해 깊이 숙고하고 있다.

난 어렸을 적부터 주변에 친구가 많았다. 나이가 들어가면서 그 수가 줄긴 했지만 평균적으로 적은 편은 아니었다. 모나지 않는 무난한 성격, 타인에 대한 배려가 몸에 밴 습관, 잘하는 건 딱히 없지만 그렇다고 못하는 것도 별로 없는 다재다능한 캐릭터였기 때문이다. 그렇기에 성격과 취향이 다양한 사람들에게 범용성이 있었고, 음주가무와 잡귀에 능한 편이라 나란 인간에 대한 수요는 항상 어딘가는 있었다. 그래서인지 그동안 친구들이 늘 많았고 그들 속에서 비교적 잘 어울려 왔다 느꼈다. 그렇기에 친구를 사귐에 있어서도 그다지 고민을 해 본 적은 없었다. 어련히, 저절로, 자연스레, 문득 돌아보면 항상 주변에 누군가가 있었기 때문이다.

그런데 이런 내가 불혹이 된 요즘 문득 고독하단 생각을 많이 한다. 주변에 친구들이 많으면서도 자꾸 외롭단 생각이 든다. 그리고 몇몇이 떠오르면 이들을 만나서 '무슨 얘기를 할까.' 걱정부터 앞선다. 이젠 추억도 점점 희미해지고, 삶의 경험도 달라지며 서로의 공통분모들이 서서히 사라지고 있기에 예전처럼 선뜻 용기가 나지 않는다. 그러다 보니 어렵게 와이프를 설득해 자유 시간을 마련하고도, 정작 누굴 만나야 할지 몰라 배회하며 시간만 보내다 그냥 집에 돌아온 적도 많았다. 더 이상 순수하지 않고 삶의 때가 덕지덕지 묻은 나를, 한없이 가벼웠는데 이젠 너무 진지해져 버린 나를, 너무 달라져 버려 나조차도 낯설게 느껴지는 나를 공감하고 받아들여 줄 누군가가 과연 있을까 고민이 되었다.

'내가 요즘 왜 그럴까? 이게 말로만 듣던 갱년기인가? 그럼 화애락(갱년기 치료제)을 먹어야 하나?' 오랜 시간 많은 고민을 했다. 그런데 이 고민에 대한 해답은 깊은 사색의 결과가 아니라 어느 날 우연히 나에게 찾아 왔다. 2021년 초여름 어느 날, 교육청에서 학교로 책을 몇 권 보내왔다. 임진왜란 때 영남 일대에서 혁혁한 전공을 세운 정기룡 장군의 일대기를 소설화 한 하용준 작가의 〈정기룡〉 전집이었다. 요즘 COVID-19로 인해 대부분의 교육청 사업이 취소되고 있다던데, '남아도는 예산 쓰려고 별짓 다 한다.' 생각하며 관심을 주지 않았다. 그러던 어느 날, 딱히 할 일도 없고 심심하던 차에 별 생각 없이 이 책을 읽기 시작했다. 평소 책을 가까이하지 않지만 간만에 읽는 소설이라 그런지 의외로 재미가 있었다. 속도를 붙여가며 책장을 넘겨 가다 그동안 고민하고 있던 질문의 답을 그 속에서 발견했다.

책에 따르면 예전 우리 조상들은 친구를 사귐에 있어 3가지를 잊어야 진정한 친구를 사귈 수 있다고 보았다. 그걸 '삼망지교(三忘之交)'라고 불렀다. 풀어 보면 '나이를 잊어야 하고(忘年), 자신의 지위를 잊어야 하며(忘官), 자신의 재산을 잊어야 한다(忘金)'는 말이다.

그렇다면 난 그동안 친구를 어떻게 사귀어 왔을까? 문득 돌이켜 보니 지금까지 친구 사귐을 너무 단순하게만 생각해 왔다 느껴졌다. 같은 나이에 같은 행동을 하며, 같은 경험을 가진 사람만을 친구라 여기고 사귀어 왔다. 사람들을 겹겹이 쌓여 있는 촘촘한 필터로 걸러 가며 약간이라도 다르면 전혀 만나 보려 하지 않았다.

처음 누군가를 만나면 나이부터 묻고 아래위를 따지기에 바빴다. 서열 정리가 끝나면 위는 생각 없이 따르려 했고, 아래에게는 일단 말부터 놓고 군림하려 했다. 지적 수준과 사회적인 지위가 맞지 않다 느끼면 나와 다른 종의 사람이라 여기고 친해질 수 없다고 생각해 왔다. '말이 안 통한다.'는 쉬운 말로 그들을 배척하고 멀리했다. 경제적 수준이 높은 사람들의 말은 부모를 잘 만나 함부로 내뱉는 배부른 소리라고 무시하고 질투했다. 반대로 그렇지 않는 사람들은 세상 물정 모르고 철없다며 괄시했고, 우월한 위치에서 굽어 살펴야 할 사람이라고 여겼다.

그러니 좋은 친구가 없을 수밖에, 좋은 사귐을 하지 않았으니 그런 사람이 곁에 없을 수밖에, 그러니 외롭고 고독할 수밖에. 군중 속의 고독을 몸소 느끼는 40세의 난, 다시 어린아이가 되어 친구 사귐에 대해 진지하게 고민하고 있다. '가진 것도 내세울 것도 없는 사람이기에 내려놓기도 쉽지 않은가?' 내려놓자. 나이도, 직업도, 재물도. 진심이자. 소중한 인연을 가벼이 여기지 말자. 좋은 관계가 저절로 이뤄짐이 없음을 깨닫자. 지금부터 만들어 가는 사귐은 속이 꽉 차도록 영글어 가자.

시간 강박자

학창 시절에도 그 흔한 별명 하나 없었는데, 아이러니하게도 사회생활을 하면서 특이한 별명이 하나 생겼다. 바로 '시간 강박자'인데, 주로 친한 동료들이 나를 그렇게 부른다. 이는 모든 약속을 칼같이 지키고, 평소 관대하다가도 시간 약속에 있어서만큼은 무척이나 엄격하며 이를 어기는 것을 잘 참지 못하는 내 성향에서 기인한다. 시간에 대한 융통성 없음을 비꼬는 말이지만 딱히 부정하고 싶은 생각은 없다. 실제로도 그렇고 앞으로도 그럴 것 같기 때문이다.

사실 지금까지 이런 내 성향이 이상하거나 특별하지 않다 생각했고 매우 당연한 것이라 여겨 왔다. 하지만 최근 친한 동료들로부터 자주 약속과 시간에 대해 애교 섞인 핀잔을 듣는 일이 잦다 보니 나라는 사람은 '언제부터 시간 그리고 시간 약속에 대해 강박증을 갖게 되었을까?' 생각해 보게 되었다.

먼저, 유전적 영향을 무시할 수 없을 것 같다. 우리 집안은 대대로 약속 시간에 있어서만큼은 철저하고도 지나쳤다. 할아버지께서는 소싯적 점심 약속임에도 새벽 첫 차를 타고 약속 장소에 나가셨다고 들었고, 아버지 역시 적어도 1시간 전에는 반드시 약속 장소에 미리 도착해 상대를 기다리는 분이었다. 물론 그렇다고 해서 아버지는 자신의 채비를 일찍 마치신 후 나머지 가족들을 살뜰히 챙기는 다정한 분은 아니었다. 한참 전부터 문 앞에 서서 자신의 기준으로 채비가 늦는 가족들을 질책하기만 하셨기에 자식들을 씻겨 준비시키고 필요한 짐을 홀로 챙겨야 했던 어머니와는 자주 다투시기도 했다.

피는 못 속인다더니, 이런 영향 때문인지는 몰라도 나 역시 어릴 적부터 약속에 있어서는 언제나 진심이었고 타협이 없었다. 지금도 약속이 있는 날이면 이른 시간부터 조급해하며 서두르는 경향이 있고, 최소 10~20분 전에는 미리 나가 기다리는 것이 습관화되었다. 그리고 나역시 아버지처럼 느긋한 성격의 와이프를 닦달하다 이내 혼이 나고는 한다. 그래서인지 와이프는 농담 삼아 나를 우리 집 '타임키퍼(TIME KEEPER)'라 부른다.

또 다른 이유로는 불확실한 상황조차도 통제하고 싶어 하는 내 성향과 연관 있다. 나는 어렸을 적부터 안정적이고 익숙한 삶보다는 불확실하고 돌발 변수가 많았던 삶을 살았다. 그리고 그런 경험들이 나에겐 너무도 힘들고 고통스러웠다. 그래서 내 삶의 가장 큰 목표는 안정적이고 예측 가능한 삶을 사는 것이었다. 그러기에 나는 시간에 있어서도 매사에 통제 가능하길 원하는 것 같다. 그래서 약속을 할 때면 평균적인 데이터들만 고려하는 것이 아니라 어쩌다 일어날 수 있는 돌발 변수나 사고, 예외 상황까지 미리 감안해야 하기에 항상 미리 서두르고 조급해한다.

마지막(어쩌고 보면 가장 중요한) 이유로는 개인적으로 시간 약속을 지키는 것이 상대를 얼마나 소중히 생각하는지에 대한 척도라 생각하기 때문이다. 누구나 그렇듯 나 역시 짧은 시간도 너무나 소중하다. 가족에게 사랑한다는 내용의 SNS를 보낼 수 있으며, 책 1~2페이지를 읽을 수 있고, 차를 마시며 나만의 사색에 빠질 수도 있다. 또한 잠깐의 낮잠으로 피로를 이겨 낼 수 있고, 학생과 잠시나마 소통하며 그들을 위로하거나 격려할 수 있다. 이렇듯 짧은 듯 보이나 누군가에겐 소중히 사용될 시간이기에 나의 나태함이나 게으름으로 상대의 시간을 빼앗을 수는 없다는 것이 내 철칙이다.

많은 사람들이 약속 시간에 늦을 때 흔히 '실수'라거나 '시간이 이렇게 된 줄 몰랐다.'는 말들을 자주한다. 그럴 때면 난 대부분 진심이라 믿지 않으며 궁색한 변명이라 생각하는 편이다. 정말 이 약속이 소중하고 상대를 귀하게 여긴다면 약속 시간에 늦을 일은 없다. 만에 하나 늦을 수는 있어도 몇몇 사람들처럼 매번 늦거나 잊어버리는 일은 절대 있을 수 없다. 가령 당신이 존경하거나 흠모하는 누군가를 만나게 되었다고 치자. 그럼 당신은 약속 장소가 30분 거리에 있다고 30분 전에 출발할 것인가? 아마 그렇지 않을 것이다. 최소 1~2시간 전부터 준비하고 서둘러 약속 장소에 도착해 상대를 기다릴 것이다. 그리고 그와 어떤 이야기를 나눌지 미리 고민하고 생각할 것이다. 왜 그럴까? 상대를 귀한 존재라 생각하기 때문이며 소중히 여기기 때문이다.

내가 당신과 약속을 잡고 시간을 정했다면, 며칠 전 또는 몇 시간 전부터 당신과의 약속을 기다리며 준비하고 있다는 것을 알아주었으면 한다. 그러니 앞으로 나와 약속을 잡고 함께 시간을 보낼 그대여, 나와의 만남을 소중히 생각해 주었으면 한다. 얼마든지 앞으로도 나를 시간 강박자라 불러도 좋다. 대신 내가 그만큼 '당신을 소중히 여기고 아낀다.'는 것을 알아주었으면 한다.

P.S: 친한 이들이 이런 내 성향을 많이 부담스러워한다. 본인들이 늦은 게 아님에도 일찍 나와 기다리는 나를 보며 자꾸 죄책감과 조바심이 든다나? 그래서 요즘엔 그들을 배려하고자 미리 도착할 수 있더라도 바로 들어가지 않고 그 주변을 배회하다 제 시간에 맞게끔 약속 장소로 들어간다. 나름의 배려인데 시계를 보며 의미 없이 주변을 배회하는 내 모습에 가끔 스스로도 이상함을 느낀다. '이것도 병이지.' 하는 생각이 들며 괜히 헛웃음이 나온다.

인사(人事)가 만사(萬事)다

옛말에 '인사가 만사'란 말이 있다. 다들 알다시피 우수한 인재를 알맞은 자리에 써야 모든 일이 잘 풀림을 이르는 말이다. 현대에 비해 사회 시스템이 잘 갖춰지지 않은 과거 사회에는 '인사가 만사'란 말이 거의 진리에 가까웠다. 이는 조선시대 6조 중 가장 으뜸이 인사를 담당하는 이조였으며, 그 복잡한 붕당정치의 시작도 인사권을 가진 *이조전랑(吏曹銓郎) 자리를 서로 차지하기 위해 시작된 것에서도 알 수 있다.

하지만 비단 과거뿐이랴? 사실 이는 현대 사회에도 널리 적용된다. 내 생각에는 지금도 대다수의 조직들은 여전히 '인사가 만사'다. 우리들은 경험해 보지 않았는가? 누가 대통령의 자리에 있는가에 따라 국격과 국가 운영이 달라짐을 말이다. 그런 걸 보면 아무리 관료제가 발달하고 사회 시스템이 잘 갖춰져 있다 자부하는 현대사회라 할지라도 결국 '인사가 만사'란 진리를 결코 부정할 수 없는 듯 보인다. 아니 인간이 사회적 존재이기에 어쩌고 보면 '인사가 전부'라 말해도 절대 과하지 않다고 본다.

나 역시 사회의 한 구성원으로 살아가면서 많은 조직들을 경험했고, 그 속에서 수많은 사람들과 관계를 맺으며 살아가고 있다. 그런데 그 수많은 사람들 중에선 유독 빛이 나는 사람들이 있다. 아무리 숨겨도 드러날 수밖에 없는 낭중지추(囊中之錐)와 같은 이들이 있다. 각자의 성향, 업무 스타일, 맡겨진 지위와 역할이 다르다는 것을 차치하고서라도 그들에겐 남들이 가지지 못한 무언가가 분명 있다.

그들은 주어진 자리에서 최선을 다하고 자신이 가진 전문성을 통해 상대와 대등한 위치에서 토론하려 한다. 거만하게 군림하려거나 자신이 가진 힘을 가지고 상대를 겁박하지 않는다. 그리고 매사에 편법보단 정공법을 택하며, 하는 모든 언행이 지극히 상식적이며 논리적이다. 그들은 자신의 권위를 실력으로 인정받으려 하지 직책을 앞세워 얻으려 하지 않는다. 또한 그들은 스스로를 내세우기보다 주변 동료를 세워 주며 ZERO-SUM이 아닌 WIN-WIN 게임을 한다. 그렇기에 난 그들과 함께 일할 때면 너무나 즐겁고 무슨 일이든 그들과 함께하고 싶다. 그들과 동류이고 싶고, 그들에게 인정받는 사람이 되고 싶다.

이전에는 책임질 권한이 없고 최대한 일을 적게 맡는 것이 조직 속의 행복이라 생각했었다. 하지만 이제는 많은 일을 하더라도 함께 고민해 줄 누군가가 있고, 성공과 실패만을 따지지 않고 일의 과정을 통해 기쁨을 누리며, 그 속에서 나라는 인간을 온전히 이해해 줄 누군가와 동역하는 것이 행복이라는 것을 절실히 느낀다. 빛이 나는 그들 속에 함께할 수 있음이 진정한 행복임을 깨닫는다.

한때 나 역시 조직 내에서 불합리하고 정의롭지 못한 일을 목도했을 때 시스템의 변화를 통해 문제를 해결하려 노력했다. 하지만 내가 순진했던 건지 몰라도 그런 방법들로 해결되는 것은 하나도 없었다. 아무리 저항하고 싸워 봐도 견고하게 굳어진 시스템은 전혀 바뀌지 않았다. 아니, 그 잘못된 시스템은 오히려 더욱 강화되어 내 사지를 조여 갔다. 이런 일들이 반복되자 결국 내가 살아가는 조직 역시 시스템이 아닌 사람에 의해 움직이는 조직임을 인정할 수밖에 없었다. 아니, 그 견고한 시스템도 결국 사람으로 변화시켜야 함을 깨달았다.

그렇기에 난 이제 사람에서 답을 찾고자 한다. 이육사의 〈광야〉 속 시구처럼 '어려운 상황 속에서도 다가올 미래를 위해 지금 여기 가난한 노래의 씨를 뿌리'기로 했다. '언젠가 찾아올 먼 미래의 백마 탄 초인(超人)들'을 간절히 기다리며. 그렇기에 오늘도 난 빛이 나는 사람들을 찾아 나선다. '흙 속의 진주'라 그런지, 사람을 보는 내 눈이 어두워서인지, 아니면 아직 내가 빛이 나지 않는 사람이라 그런지 그들이 쉬이 찾아지지 않는다.

그렇지만 포기할 수 없다. 결국 사람에게 답이 있기에. 그들의 **표식을 확인할 수 있는 나만의 질문들을 잔뜩 가지고 오늘도 난 사람들 사이를 헤매고 있다. 내 모습이 이상해 보여도 괜찮다. 어차피 진심은 진심을 알아볼 것이기에. 진심이 아닌 사람들의 비웃음과 손가락질 따위는 상관치 않는다. 그리고 나 역시 그들이 찾을 수 있도록, 빛이 나는 그들에게 같은 표식을 가진 자로 인정받을 수 있도록 오늘도 진심을 다해 살아가려 한다.

* 이조전랑(吏曹銓郎): 정5품 정랑과 정6품 좌랑을 합쳐 부른 말로, 관직이 낮았지만 여론 기관인 삼사
  의 관리를 임명하고 자신의 후임을 추천할 수 있어서 그 권한이 매우 강했다.
** 표식: 소설 〈데미안〉에서는 보통의 사람과 다른 아우라를 가진 특별한(빛나는) 이들을 '(카인의) 표
   식'을 지닌 자로 부른다.

누가 함께할 사람인가?

　누구든 사회생활을 하다 보면 다양한 사람들을 만나게 되고 그중 일부와는 깊은 관계를 맺으며 친밀해져 간다. 반대로 몇몇은 가까웠으나 점점 멀어져, 어느 순간 서먹해지거나 서로에게 더 이상 의미 있는 존재가 아니게 됨을 느낀다. 누구나 사회생활 속에서 이런 경험이 한 번쯤은 분명 있을 것이다.

　나 역시 다르지 않았다. 사회생활을 시작하면서 수많은 사람을 만났다. 그중 몇몇은 나이대가 비슷하고 같은 일들을 했기에 삶의 공감대가 있었다. 성향이 맞고 말이 잘 통하여 가까이 지냈다. 난 그들을 좋아했고 내가 가진 것을 그들을 위해서라면 아끼지 않았다. 그리고 남들에게 차마 하지 못할 부끄러운 과거나 치부라 여겨지는 것들도 솔직히 털어놓으며 나라는 인간을 온전히 이해받고자 했다. 10여 년이란 짧지 않은 시간을 함께 지내 오면서 난 그들을 친구라 생각했다. 그래서 기꺼이 그들을 내 사람으로 받아들였고, 앞으로의 수많은 역경을 함께 헤쳐 나갈 동지라 여기며 든든해했다.

그런데 함께해 온 10년이란 긴 시간이 무색할 만큼 처한 상황이 달라지고 점차 공감대가 사라지자 그들은 멀어져 갔고 점점 나에게 소홀해졌다. 내가 하는 일들에 더 이상 관심을 가지지 않았고 내 말들을 공허한 메아리처럼 허투로 듣고 흘려 버렸다. 얼마 지나지 않아 나는 그들의 관심사에서 완전히 사라져 버렸다. 같은 곳에 함께 있었으나 사실상 없는 것과 다름없는, 그들의 삶에 아무런 영향을 주지 못하는 무의미한 사람이 되었다.

물론 내 주변에 이 같은 사람들만 있었던 건 아니다. 처음에는 이들보다 친밀하지 않았고 성향이 달랐지만 지금도 변함없이 내 옆을 지켜 주고, 거친 세상 속에서 유불리(有不利)를 따지지 않고 기꺼이 등을 내어주며 함께 싸워 주는 사람들도 있었다. 그들은 시간이 더해질수록 나를 더 알고 싶어 했고 내 속의 우주를 깊이 이해하려 애썼으며 먼저 마음을 열어 공감해 주었다. 그들이 있었기에 난 상처를 털고 일어나 다시 세상을 향해 한 걸음씩 용기 내어 나아갈 수 있었다.

살면서 이런 일들이 반복되어 가자 내 안에 궁금증이 생겼다. 앞으로도 사회생활 속에서 수많은 사람들을 또 만나고 다양한 관계를 만들어 가게 될 텐데, 그들 중 누가 끝까지 나와 함께 할 사람이고 누가 아닌지 알고 싶어졌다. 그 이유는 이들을 구분해 내어 사람 때문에 생긴, 이제 겨우 아물어 가는 상처를 또다시 덧나게 하고 싶지 않았기 때문이다. 또한 나이가 들며 점점 희소해져 가는 내 소중한 감정을 의미 없는 이들에게 더 이상 허비하고 싶지 않기 때문이다. 인간관계 속에서 쭉정이는 거르고 알곡들만 남기고 싶어졌기 때문이다.

오랜 시간 고민과 사색 끝에 난 하나의 실마리를 찾았다. (내 나름의 방식 하나를 나누고자 함이니 각자 들어보고 쓸지 말지는 자유롭게 판단하기 바란다.) 그 답은 간단하다. 어떤 사람인지에 대한 의문이 생길 때 상대에게 이렇게 한번 질문해 보시라. "네 행복의 모습을 자세히 말해 줄래?" 그럼 끝까지 함께할 이의 설명 속 어딘가에서 분명히 살아 숨 쉬는 나를 발견할 것이다. 작지만 분명한 나의 자리를 마련해 놓았을 것이다. 그에 반해 그렇지 않은 사람은 수많은 행복의 이미지 속에 자신만이 있을 것이다. 자신만의 성공, 기쁨, 영광, 그리고 자신만의 만족. 그 장황한 장면들 속에 나라는 사람의 자리는 한 뼘도 없을 것이다. 왜냐하면 그들에게 난 지금 당장을 버티게 할 수단일 뿐이지 삶의 이유가 아니기 때문이다.

나라는 존재가 수단인지 목적인지 알게 되면 답은 분명해진다. 앞으로 난 이런 방법으로 사람들을 구분해 낼 것이다. 혹시 이 글을 읽고 앞으로도 나와 삶의 긴 여정을 함께 하고자 한다면 당신의 행복 속에 자그마한 내 자리를 마련해 주길 바란다. 나도 기꺼이 당신을 위해 자리를 비워 두고 언제든 찾아오길 기다릴 것이다.

미인을 얻는 진짜 방법

오래전 '미인을 얻는 네 가지 방법'이라는 우스갯소리를 들은 적이 있다. 들은 바를 전하면 첫째, 잘생기면 된다. 끼리끼리 논다고 잘생긴 남자 옆엔 반드시 미인이 있다. 둘째, 공부를 잘하면 된다. 미인들은 스마트한 사람을 좋아하기에 의사나 판검사 등 똑똑한 엘리트들은 그 가능성이 매우 크다. 셋째, 돈이 많으면 된다. 유전적으로 여성은 생존 능력에 끌릴 수밖에 없기에 현대 사회의 생존능력인 경제력을 가진 남자들에게 많은 관심을 갖는 게 당연하다. 마지막으로 넷째, 웃기면 된다. 유쾌하고 즐거운 에너지는 미인들의 마음을 사로잡기 충분하다. 실례로 개그맨 와이프들 중에는 미인이 많다는 것은 너무도 유명한 이야기다.

주워들은 들은 이야기이지만 너무 재미있어서 이 이야기를 종종 내가 가르치는 (남)학생들에게 해 주곤 한다. 우스갯소리 뒤에는 세상 모든 일에는 다양한 방법이 존재하니 자기에게 맞는 방법을 찾아 노력해 볼 것을 조언한다. 그리고는 농담 삼아 "남들이 인정할 만큼 잘생기거나 집안이 부유하지 않다면, 공부를 열심히 해라. 그마저 재능이 없다면 유머감각과 센스 있는 말솜씨를 길러라."고 덧붙이곤 했다.

가벼운 농담쯤이라 여겨 왔지만 어린 시절 누군가를 소개받거나 관심을 얻고자 할 때, 나도 모르게 이 이야기를 많이 떠올렸던 것 같다. 딱히 잘생기지 못했고 경제적으로 넉넉하지도, 그렇다고 특출 나게 스마트하지도 않았기에 내가 할 수 있는 유일한 방법은 재미있고 웃기는 방법뿐이라 생각했던 것 같다. 그래서 잘생기고 키 큰 친구들 사이에서 살아남기 위해 말빨을 키우는 데 많은 에너지를 쏟았다.

이런 내 노력이 아주 가끔씩은 나름의 성과를 가져다주기도 했지만, 대부분은 처참한 실패로 끝났다. 양날의 검처럼 나의 노력이 때때로 말실수로 이어져 상대의 기분을 언짢게 하거나 무심코 던진 의미 없는 말들로 '다된 밥에 코 빠트리기' 일쑤였다. 지금 와서 그때의 행동을 돌이켜 보면 헛된 노력과 수고로 '아까운 시간과 기회들만 낭비했구나.' 하는 생각이 자꾸 든다. 그리고 이 이야기를 반복할 때마다 문득 농담 속 숨겨진 진의를 '내가 착각했구나.' 하는 생각이 자꾸 든다.

일부 개그맨들이 원하는 결과를 얻을 수 있었던 이유는 단순히 말빨이 좋아서가 아니라 반복되는 실패에도 꾸준히 도전하고 노력했기 때문이며, 상대의 거절과 부정적인 반응에 상처받지 않는 단단한 자존감이 있었기에 가능했을 것이다. 또한 남들이 비웃어도 자신의 목표를 향해 나아가는 군건한 의지와 언젠가 자신의 진정한 매력을 분명 알아줄 것이라는 긍정적인 마인드 덕분일 것이다.

많은 사람들이 무언가 창대하게 시작하였으나 결국 미미하게 끝나 버린 이유도 바로 이것 때문이 아닐까? 몇 번의 시도만으로 원대한 결과를 기대하고 한두 번의 실패에 쉽게 좌절하며 포기해 버린다면 결과는 항상 같을 것이다. '반드시 원하는 걸 이뤄 내겠다.'는 굳은 의지와 세상으로부터 자신을 지킬 수 있는 단단한 자존감이 없다면 그 바람들은 결국 신기루처럼 사라질 것이다. 또한 인생에 성공만이 있을 수 없음에도 불구하고 실패에 연연하며 헤어 나오지 못한다면 평생 괴롭고 힘겨운 삶을 이어가야 할 것이다.

　　모든 성공에는 나름의 이유와 근거가 있기 마련이다. 누구라서, 어떤 상황과 조건에서가 아니라 그런 그였기에, 그럴 만한 충분한 자격과 누구나 인정할 만한 노력이 있었기에 그 일을 이뤄 낼 수 있었던 것이다. 남의 성공을 쉽게 여기거나 그 방법을 생각 없이 모방하려 하기보단 그 속의 진의와 배울 점들을 찾아 내 삶에 적용해 보는 것은 어떨까? 가벼운 농담이 결코 가볍게 들리지 않는 오늘이다.

손이 고운 아이

　내 첫인상에 대한 느낌이나 생각들이 각자마다 다르겠지만 많은 사람들은 나에게 이런 말들을 하곤 한다. "고생하지 않고 편하게 살아온 것 같다."거나 "세월의 풍파 없이 살아온 것 같다."란 식의 말을 그동안 많이 들어왔다. '편하게'와 '풍파 없이'라는 말 자체가 너무도 주관적이기에 맞다 혹은 틀리다 단정적으로 말할 수는 없지만, 대체적으로 좋은 의미로 말하는 것이라 여기고 고맙게 받아들이려 한다.

　이런 말들이 나올 때 가끔 난 그들에게 역으로 질문을 던지곤 한다. "그렇게 생각하는 근거가 무엇인지?" 말이다. 그럼 상당수가 내 손을 근거로 드는 경우가 많다. "손이 부드럽고 고와서 그렇다."든지 "굳은 살과 주름 없는 것이 고생 안 한 손이다."라는 말을 많이 들었다. 그럴 때마다 고운 손을 갖게 낳아 주신 부모님께 감사를 드리면서도, 다른 한편으론 그동안의 내 삶이 어땠는지 되돌아보게 된다.

　한동안 내 삶은 '고통과 시련의 연속'이라고 생각했다. 어린 시절 경제적으로 어려웠고, 남들에게 말하지 못할 수많은 콤플렉스와 결핍이 있었으며 주도적이기보단 외부 환경에 휘둘리는 불안전한 삶이었다고 느꼈었다. 그러기에 그동안 과거를 솔직히 말하는 것이 부끄러웠고, 지난 일을 떠올리는 게 구차하게만 느껴져 숨기기 급급했다. 그런데 요즘 돌이켜 보면 그동안의 내 삶이 '그리 나쁘지 않았다.'란 생각이 든다.

때론 벅찬 삶이었으나 결국 무너지지 않고 버텨 냈으며 그 과정에서 스스로 자립할 수 있는 힘을 기를 수 있었다. 결핍이 많은 삶이었으나 남의 것을 욕심내거나 흉내 내려 하지 않았고, 그 결핍을 이해해 주고 보듬어 주는 가족과 친구들이 항상 곁을 지켜 주었다. 또한 수많은 시련들이 나의 내면을 단단하게 했고 또래들이 쉽게 가지지 못할 다양한 경험과 깊이를 갖게 해 주었다. 그러기에 어느 순간부터 타인이 흉내 내지 못할 나만의 색을 가지게 되었고, 시련에 맞서 싸워 이겨 내며 묵묵히 앞으로 나아갈 수 있는 힘을 갖게 되었다. 그리고 이런 것들이 언젠가부터 나만의 무기가 되었고, 타인과 나를 구별 짓는 기준점이 되었다.

사람은 살아온 삶의 모습이 얼굴과 몸에 흔적으로 남는다는데, 그렇지 않은 내 모습이 좋다. 해맑고 부드러운 모습 뒤에 묵직한 한방을 가지고 있는 것 같아 든든하다. 많은 사람들이 사소한 시련과 어려움 앞에서 쉽게 좌절하고 포기할 때 그것을 아무렇지 않게 넘기는 의연한 내 모습이 좋다. 드라마 〈이태원 클라쓰〉에 나온 대사처럼 "시간은 누구에게나 공평하게 흐르지만, 나의 시간은 그 농도가 너무나도 달랐"
기에 나는 세상 속에서 홀로 있어도 당당하다.

힘들었던 과거 시절 이야기를 아무렇지 않게 꺼내는 나를 보며 와이
프는 매번 신기해한다. 남들은 차마 말 못 할 이야기들을 어떻게 이리
도 쉽게 꺼내는지 매번 궁금해한다. 그럴 때마다 난 웃으며 이야기한
다. "상처와 아픔을 이겨 냈기에 아무렇지 않게 말할 수 있다."고 말이
다. 손자병법에 나오는 말처럼 내 고운 손은 상대를 두렵게 만드는 허
허실실(虛虛實實)이 아닐까 하는 생각이 든다.

"할 수 있으니 해 준다"

직장에 와서 사귄 친구가 하나 있다. 나이는 달랐지만 동료로 일하며 자연스레 가까워졌고, 이후 많은 시간을 함께 보내며 깊이 있는 대화를 쉴 새 없이 나누다 보니 어느 순간 서로 닮아 가며 삶의 영감을 주고받는 그런 사이가 되었다. 이 친구와의 대화 주제는 무척이나 다양하다. 직장생활과 육아, 스포츠, 정치, 독서 등 잡다한 이야기들을 끊임없이 나누지만, 그래도 가장 주된 주제를 하나 꼽자면 그건 바로 인간관계일 것이다. 우리 역시 사회 속에서 다양한 인간 군상들과 부대끼며 살아가는 장삼이사(張三李四)이기에, 인간관계에 대한 우리의 이야기는 밤새도록 그칠 줄을 모른다. 최근에는 저마다 가지고 있는 우주의 깊이에 대해 많은 이야기를 나누고 있는데, 나이가 들어가면서 그 내면의 차이가 너무나 크고 다르다는 사실에 새삼 놀라며 신기해하기도 한다.

이 친구와 깊은 대화를 나누다 보면 문득 나의 인간관계를 되돌아보게 된다. 왜냐하면 친구가 말하는 관계 맺음의 방식과 결이 나와는 너무 다르기 때문이다. 가령 나를 포함한 대부분은 인간관계에 있어서 주기보다 받기를 더 좋아하고 타인에게 먼저 배려받길 원하는데, 이 친구는 자칫 귀찮고 힘든 일들을 마다하지 않으며 주는 것에 더 익숙하고 자연스럽다.

예를 들면 매달 국토종주 자전거 라이딩을 떠날 때마다 친구는 꼭두새벽 차를 몰고 나를 픽업하러 온다. 그리고 귀찮은 일정 계획도, 주변 식당 조사와 각종 장소 섭외도, 비상물품에 대한 준비도 대부분 그의 몫이다. 또한 저녁 늦은 시간이 되어 되돌아올 때도 항상 나를 먼저 데려다주고 자신은 그제야 집으로 향한다.

물론 이런 대접을 받을 때면 편하고 좋기도 하지만 나도 염치가 아예 없는 사람은 아닌지라 가끔씩은 이런 호의와 배려가 부담스럽다. 그럴 때면 넌지시 "그동안 혼자 고생했는데, 다음엔 내가 할게."라고 말하곤 하는데, 친구는 "형, 됐어. 내가 할 수 있으니 해 주는 거야."라며 웃는다.

"할 수 있으니 해 준다." 몇 글자 안 되는 말이지만, 내 마음속에 주는 울림은 결코 작지 않다. 내가 좋아하기에, 여유 있기에, 지금 할 수 있는 상황과 능력이 되기에 먼저 베풀 수 있는 그의 여유 있는 모습과 넉넉한 마음이 너무도 아름답다. 그리고 해 줄 수 없을 때는 솔직히 자신의 상황을 설명하고 이번에는 자신에게 먼저 배려해 줄 것을 요구하는 자신 있고 당당한 그의 모습이 내심 부럽다.

이런 모습을 볼 때면 그동안 상대에게 어차피 해 줄 거면서도 투덜대며 나만 손해 보는 것처럼 생각했던, 때때로 상대가 무리한 요구를 해 올 때 제대로 거절하지도 못하면서 뒤에서만 불평과 원망을 쏟아 냈던 내 모습이 자꾸 오버랩된다. 지금껏 주는 만큼 돌려받는 것이 세상의 이치이며, 내 가치를 높이는 일이라 믿고 살아왔던 나에게, '호의가 반복되면 권리라 착각한다.' 생각해 온 인색한 나에게, 이 말은 큰 감동이면서도 따끔한 질책으로 다가온다.

생각해 보면 정말 그렇다. 상대는 나에게 결코 무리하거나 불가능한 것을 요구하지 않는다. 해 줄 수 있고, 여력이 되는 일들만 내게 부탁한다. 그럼에도 불구하고 그동안 내가 귀찮아서, 불편해서, 힘들어서 외면하고 무시한 일들이 얼마나 많은지, 가시 돋친 말로 상대에게 상처를 준 적이 얼마나 많았는지 돌아보게 된다. 그리고 살아가면서 누군가로부터 더 많이, 조건 없이 받았던 수많은 것들은 미처 생각지 못하고 당연하게만 생각해 왔던 스스로를 반성하게 된다. 받은 사랑을 흘려보내지 못하고 가둬만 놓고 있는 내 모습을 다시 한번 뉘우치게 된다.

친구는 나를 보며 이런 말을 자주 한다. "형수가 뭘 해달라고 하면, 이왕 해 줄 거 토 달지 말고 그냥 해 줘. 그러면 고마워하고 사랑받는단 느낌이 들어 더 잘해 줄 텐데, 늘 해 주고도 욕을 먹냐?" 그럴 때면 매번 "흥~! 알겠어."라고 투덜대면서도, 또다시 와이프에게 작은 일로 생색내며 쓸 때 없는 사족을 덧붙이는 내 모습을 발견할 때마다 쓴웃음이 난다.

둥지를 벗어난 독수리

이번 주 목사님 설교 말씀 중 뇌리에 깊이 박힌 것이 있었다. 독수리의 둥지 짓기에 대한 이야기였는데 들은 내용을 전하면 이렇다. 어미 독수리는 새끼를 위해 처음 둥지를 지을 때는 안락하고 생존에 필요한 모든 시스템이 갖춰지도록 만든다. 그 덕분에 새끼 독수리는 이곳에서 따뜻하고 안전하게 쉴 수 있다. 하지만 새끼가 자라 어느덧 날아야 할 시기가 되면 어미는 둥지에서 편한 것들을 하나씩 빼내기 시작한다.

결국 둥지는 안락한 것들이 다 제거된 상태가 되고, 그곳은 더 이상 안전하고 편안한 곳이 아닌 불편하고 힘들며 짜증이 유발되는 공간으로 바뀌게 된다. 어미 독수리가 이렇게 하는 이유는 그래야만 새끼 독수리가 둥지생활에 안주하거나 미련두지 않고, 벗어나고자 노력하기 때문이다. 이윽고 더 이상 머무르기 힘들어지면 어미 독수리는 새끼를 둥지에서 밀어 떨어트린다. 추락하는 새끼는 날아 본 적이 없지만 생존을 위해 힘차게 날갯짓을 하게 되고 결국 창공으로 훨훨 날아오른다.

우리 역시 세상 속에 홀로 서는 과정이 이와 같지 않을까? 익숙하고 안온한 곳을 떠나 낯설고 위험하며 불편한 곳에서 다른 존재들과 함께 서로 부대끼며 상처입고 굳은살이 배는 과정 속에서 자신의 중심을 세워 가고 진정으로 홀로 설 수 있는 존재가 되는 것이 아닐까? 그럼으로써 나라는 우주의 주인이 되어 가는 것이 아닐까? 그러기에 내 삶속에 시련과 고통, 불편함들은 나를 성장시키고 단련시키는 하나의 과정이며 진정한 성인, 독립적인 존재가 되기 위한 통과의례일 것이다.

그럼에도 불구하고 나는 자꾸 안전하고 싶고, 편하고 싶고, 보호받고 싶고, 누군가 뒤에 숨고 싶다. 시련을 피할 수만 있다면 피하고 싶고, 어떠한 책임도 지지 않고, 주어진 사명을 애써 외면하고 싶다. 어쩌면 이런 모습은 아직도 내 스스로가 불완전한 존재이며 홀로 설 준비가 안 되어 있다는 뜻이 아닐까?

창공을 날아올라 자연을 지배하는 독수리가 되고 싶으면서도 현실은 여전히 둥지 안에만 머무르려 발버둥치는, 새끼 독수리처럼 나약하고 미성숙한 내 모습이 자꾸만 떠오른다. 언제쯤이면 세상에 휩쓸리거나 요동치지 않고 담담히 받아 넘길 수 있는 그런 넉넉한 존재가 될 수 있을까? 어느덧 불혹(不惑)을 넘어 지천명(知天命)을 향해 가고 있는 난 마음이 조급하기만 하다.

작가로서의 용기

〈집사부일체〉라는 TV 예능 프로그램에서 김영하 작가는 일상 속에서 쌓여 가는 불만과 부정적인 감정을 배출해 내는 방법으로 글쓰기를 제안했다. 몇 해 전부터 직장 내 업무와 인간관계 속에서 어려움을 느끼고 부정적인 감정만 자꾸 쌓여 가며, 공격적이고 신경질적으로 변해 가는 나에게는 큰 울림을 주었기에 깊은 관심이 생겼다. 아무런 해소나 해결도 되지 않으며 내 자신만을 망가트려 가는 기존의 부정적이고 감정 소모적 방식에서 벗어나고 싶었다. 또한 타인에게 상처 주지 않으면서도 나를 지키고 보호하며 불안한 감정을 다스리는 방법을 찾고 싶었다. 그래서 작가의 권유대로 그동안 한 번도 시도해 보지 않았던 글쓰기에 도전하게 되었다.

처음에는 그가 소개해 준 방법대로 스트레스를 받거나 힘든 일이 있을 때 내 속에 드는 솔직한 감정을 가감 없이 써 보기 시작했다. 다 썼다 생각이 들면 지워 버리고, 다음 날 다시 그런 감정이 들면 또 쓰고 지우고를 반복했다. 그런 가운데 완벽히는 아니지만 마음이 다스려지고, 부정적인 생각과 화가 어느 정도 누그러짐을 느끼게 되었다. 또한 당시의 내 감정을 차분하고 객관적으로 돌아볼 수 있게 됨을 경험하게 되었다.

그 외에 부수적으로는 글을 쓰는 소소한 재미를 발견하게 되었고, 내가 그것에 전혀 소질이 없지 않음을, 나름 읽을 만한 글을 쓰는 재주가 있음을 인식하게 되었다. (자만이라기보다는 '굼벵이가 구르는 재주를 발견한 것'에 대한 감격이라 이해해 주길 바란다.) 그래서 인터넷 속 나만의 공간에 그동안의 고민과 생각들을 틈나는 대로 쓰기 시작했다. 쓰다 보니 글이 하나둘 쌓여 갔고, 이듬해에 어느 정도 분량에 이르게 되자 아깝다는 생각이 들어 에세이 책을 내보기로 마음먹었다.

어느 덧 책 한 권 분량이 완성되어 가고 출판사에 견적을 받아 가며 출판이 코앞까지 다가왔을 때, 갑자기 그동안 생각지 못했던 여러 걱정들이 몰려들기 시작했다. 그중 가장 고민되었던 것은 바로 책이 발간된 후에 듣게 될 주변의 평판이었다. 그동안 숨겨 왔던 내 과거와 잘 포장해 왔던 인간관, 감추고 싶은 약점들이 다 드러날 텐데. 또 누군가는 글을 해석하는 관점에 따라 불쾌하다 여기며 나름 괜찮았던 관계가 소원해지고 멀어질 수도 있을 텐데. 과연 그것들을 내가 감당할 수 있을지 걱정이 앞섰다. 괜히 긁어 부스럼을 만드는 건 아닐까? '무식하면 용감하다'더니 딱 그 말이 맞다 싶다. (이 걱정을 미리 했었다면 아마 이만큼 지속적으로 글을 쓰지 않았을 것이다.)

상당 기간 혼자 끙끙 앓다가 한 친구에게 고민을 털어놓았다. 친구는 당장의 조언 대신, 며칠 뒤 책 한 권을 빌려주며 읽어 보길 권했다. "그 속에서 답을 찾길 바라." 그가 건넨 책은 무라카미 하루키가 쓴 〈직업으로서의 소설가〉였다.

책에 따르면 무라카미 하루키는 직업 작가가 된 후 정기적으로 책을 출판하면서 배운 교훈이 하나 있다고 한다. 그것은 '어떤 이야기를 어떻게 쓰든 결국 어디선가는 나쁜 말을 듣는다.'는 것이다. 그러면서 그는 그런 말들을 일일이 진지하게 상대했다가는 몸이 당해낼 수가 없으니, 그럴 바에는 '쓰고 싶은 것을, 쓰고 싶은 대로 쓰자.'라는 생각을 갖게 되었다고 한다.

고진하의 시집 〈프란체스코의 새들〉의 「자서(自序)」에는 이런 구절이 있다. '작가의 눈을 통해 그 사회는 읽혀지고, 작가가 보는 눈을 통해서 결국 작가 자신도 보이게 되는 것.'이라고 말이다. 글을 쓰고 그것을 세상에 드러내기로 마음먹은 순간 앞으로 쏟아지는 무수한 말들은 모두 받아들일 수밖에 없다. 그것이 찬사든 비판이든 말이다. 그리고 이것이 작가라면 짊어져야 할 숙명이며 감당하고 견뎌 내야 할 업인 것이다. 만약 이를 감당하지 못할 거라면 나는 책을 내지 말아야 했다. 그리고 내가 가진 관념과 생각들을 평생 혼자만 몰래 간직하며 살아가야 했다. 글을 통해서 얻을 수 있는 누구도 빼앗지 못할 진정한 자유를 포기해야만 했다.

마침내 나는 결심했다. 책을 출판하기로. 비록 일천한 존재이나 작가된 자로서 세상의 평판 앞에 당당히 맞설 수 있는 용기를 한번 내 보기로 했다. 마음의 지하실에 꽁꽁 감춰둔 것들을 모두 꺼내 그동안 제대로 갖지 못했던 진정한 자유를 마음껏 누려 보기로 했다.

마지막으로 바라는 것이 있다면 처음에 밝힌 대로 내 안에 우주를 항해하며 겪은 수많은 경험들과 그 속의 진심이 독자들에게 잘 전달되기를, 그런 와중에 나라는 한 고독한 인간을 온전히 이해해 주는 누군가가 나타나 주길 희망한다.

과거와 이별하기

    사람은 과거, 현재, 미래 어디에 초점을 맞춰 살아가느냐에 따라 삶이 여러 유형으로 나뉜다. 그럼 나는 어떤 유형에 가까울까? 지나간 것에 미련 두지 않고 지금을 소중히 여기며 다가올 시대를 준비하는 사람이 간절히 되고 싶지만, 안타깝게도 난 과거에 매몰되어 현재를 불평과 원망으로 허비하고 다가오지도 않을 미래를 상상하며 항상 불안에 떠는 사람에 가깝다. 이런 내 성격이 잘못을 반복하지 않고 실수를 줄여주기도 하지만 삶을 불행하게 만들고 사람을 불신하게 하며, 되돌릴 수 없는 과거의 수레바퀴에 갇혀 하염없이 제자리걸음 하게 만든다.

    이런 내가 또다시 과거의 경험을 들추어내어 글을 쓰고 있다. 에세이를 완성해 가는 과정 속에서 그동안의 삶을 다시 되돌아보고 추억을 곱씹으며 생각의 깊이를 더해 가는 기쁨을 맛보기도 했지만, 다른 한편으로는 글을 쓰는 내내 과거의 아픈 경험 속으로 다시 빨려 들어가 괴로웠으며 때때로 마음이 공허해지기도 했다.

    TV 예능프로 〈나 혼자 산다〉에 출현한 이주승 배우는 한 연극에서 자신이 맡았던 어둡고 무거운 배역에서 벗어나기 위해 공연이 모두 끝난 후 한적한 바닷가를 찾아 온몸으로 파도를 맞이하며 그 배역과 작별했다고 한다. 아니 파도에 몸을 내던지면서 억지로라도 그 배역을 흘려보낸다고 한다.

과거에 집착하며 하루하루를 버겁게 살아가고 있는 나에게도 그런 색다른 퍼포먼스가 필요했다. 과거와 단절하고 이별할 낯설고 특별한 의식, 강력한 무언가가 필요했다. 난 그 방법으로 글쓰기를 선택했다. 그동안 한 번도 해 보지 않았던 글을 치열하게 쓰면서 과거와 직면해 진절머리 나도록 씨름한 다음, 후회와 미련 없이 놓아주고 싶었다.

누군가는 '시간을 두고 좀 더 글을 다듬고, 많은 경험들을 쌓아 지금보다 나은 글을 써 보는 게 어떠냐?' '긴 호흡으로 글을 수정해 가며 지속적으로 발전시켜 보는 것이 어떠냐?'고 제안했지만 난 단호히 거절했다. 그 이유는 내가 이 글을 붙들고 있으면 있을수록 나의 심연은 한없이 과거의 깊은 어둠 속으로 빨려들어 가 되돌아올 수 없을 것만 같았기 때문이다. 그래서 빨리 글을 탈고하고 싶었고 이를 통해 힘들었던 과거와 작별하고 싶었다. 고된 삶 속에서 상처받아 울부짖던 어린 시절의 나를 놓아주고 싶었다. 그래서 남은 인생은 과거를 떨쳐낸 새로운 나와 이전과는 다른 삶을 살아 보고 싶었다.

과연 책을 완성한다고 해서 원하는 바를 이룰 수 있을까? 쉽지 않겠지만 난 그러고 싶다. 그렇기에 부족하고 모자란 글이지만 이제 여기에서 마침표를 찍고자 한다. 그리고 지금부터는 선물 같은 현재를 기쁨으로 온전히 누리며 다가오는 미래를 희망의 눈으로 바라보며 살아가고 싶다. 먼 훗날 인생을 마무리하며 다시 에세이를 쓸 때는 부디 행복하고 후회 없는 추억들로 책장을 가득 채울 수 있길 바라 본다. (完)

※ 상주시종합사회복지관에서 주최한 제3회 '방구석 공모전' 수기부문에 입상한 작품입니다.

"이 책을 읽는 가운데 어느 한 구절이라도

당신의 시선과 마음을 한순간이나마 붙들 수 있었다면,

열은 미소나마 잠시 입가에 머금게 할 수 있었다면,

저는 그것으로 만족합니다."

- 글쓴이 드림 -